坊巷格局

——另一只眼看三坊七巷

陈支晖
陈元邦 著

海峡出版发行集团 | 海峡文艺出版社

图书在版编目(CIP)数据

坊巷格局:另一只眼看三坊七巷/陈雯晖,陈元邦著. －福州:海峡文艺出版社,2016.10
 ISBN 978-7-5550-0860-6

Ⅰ.①坊… Ⅱ.①陈…②陈… Ⅲ.①散文集－中国－当代 Ⅳ.①I267

中国版本图书馆 CIP 数据核字(2016)第 195185 号

坊巷格局
——另一只眼看三坊七巷

陈雯晖　陈元邦　著

责任编辑	朱墨山
助理编辑	刘　炘
出版发行	海峡出版发行集团
	海峡文艺出版社
经　　销	福建新华发行(集团)有限责任公司
社　　址	福州市东水路 76 号 14 层　　邮编　350001
发 行 部	0591－87536797
印　　刷	福州力人彩印有限公司　　邮编　350003
开　　本	890 毫米×1240 毫米　1/32
字　　数	90 千字
印　　张	5.375
版　　次	2016 年 10 月第 1 版
印　　次	2016 年 10 月第 1 次印刷
书　　号	ISBN 978-7-5550-0860-6
定　　价	38.00 元

如发现印装质量问题,请寄承印厂调换

三坊七巷记

　　八闽首府，闽都榕城，城中鼓楼，乌山南麓，古民居一片，占地六百余亩，此乃三坊七巷也。此地三面绕河，通达闽江，溯流可达广袤山区，顺江可至浩瀚东海。自晋代发轫，唐五代形成，两宋发展，明清鼎盛，至今已历千年，获中国历史文化名街、五A级景区之盛誉，为重要历史文化遗产、城市文明之标志。今人以拥得此地为幸。闲暇时光，漫步街市，徜徉坊巷，穿行院落，寻福州文脉之源流，觅闽都民俗之韵味，忆久藏于心之乡愁。

　　三坊七巷，里坊制度活化石。自北门牌坊始，南后街从北至南六百余米，分坊巷于左右。街之左，原为七巷，今存郎官、塔巷、黄巷、安民、宫巷五巷；街之右，为衣锦、文儒、光禄三坊。此街商贾云集，游人如梭，熙熙攘攘，一派繁华。坊巷为东西向，口皆与街相连，市居分明。古之坊巷之区别，坊有门，晨启夜阖，巷无门，昼夜不闭；坊中有巷，巷中无坊，坊巷皆有弄，曲径通幽。此乃古之城市管理基本格局，传承千年，至今未改。

　　三坊七巷，明清建筑博物馆。门檐之下，灯笼高悬，启朱门

手绘/陈雯晖

而入，天井厅堂依次递进、厢房居于两侧。细品院落，可察建筑语言之丰富，可感古之观念之凝结，可晓主人愿望之寄予。明尚简，清崇繁，风格有异。牌匾悬于厅堂、楹联挂于门柱，文气充盈。灰塑彩画，经风雨而色不褪，彰艺术之魅；白墙灰檐，弯曲柔和，寓中和之意；飞檐翘角，融于蓝天，显昂扬向上之象。后院园林，蕴山水之气，得林木之秀，品清香花茶，听曲观戏，谈书论道，其乐融融也。

三坊七巷，半部中国近代史。此为崇儒尚学、人文荟萃之地。自晋代以来，先贤辈出，尤以近代为盛。百多年间，以海纳百川、有容乃大之胸怀，以开风气之先、谋天下永福之担当，开眼看世界，为中华之崛起，置生死于度外。虎门销烟、船政风云、洋务运动、百日维新、黄花岗起义、五四运动等，皆有坊巷人参与，政治、军事、文化、艺术、科学诸领域，翘楚可见。今人行走坊巷，于敬仰时探究，一座坊巷，何以英才辈出，星灿于华夏，名垂于青史。

沐千年风雨，逢华夏盛世。秉承保护古建筑就是保存历史保存文脉之理念，时为公元 2007 年，三坊七巷重整，循坊巷之格局，留

手绘/陈雯晖

坊巷之风貌，存历史之记忆，增时代之新意。重整之后，游人日盛。于斯地，有如穿越时光，体会时代之风云，感受道义之永存；于斯地，可品福州之小吃，可赏寿山之奇石，可览脱胎漆画之艺术；于斯地，观联品文，对话前贤，仰品行之高尚，洗去浮心，纯洁自我，承先贤之美德，续坊巷文化之精髓。

坊巷如书，读无止，悟无境。

目录

- 3 · 三坊七巷之味
- 6 · 坊巷之美
- 12 · 走坊穿巷
- 18 · 楣杆
- 21 · 安泰河
- 28 · 雪洞
- 31 · 楹联
- 35 · 夫妻树
- 38 · 水榭戏台
- 43 · 天井
- 47 · 厅堂
- 53 · 后花园
- 57 · 书屋
- 61 · 卧室
- 66 · 诗者的圣地
- 72 · 享受动静之美
- 78 · 坊巷拾零
- 85 · 三坊七巷文化特质

94·书法大观园

102·轻轻再叩问

109·三坊七巷的雨

113·为政当学林则徐

119·坊巷"大餐"

124·春游乌山

129·坊巷咏者

附录一

136·走不完的坊巷,说不完的美 /曾建梅

139·风过坊巷
　　　——关于笔记的笔记 /年微漾

附录二

143·凝望那尊塑像
　　　——"尸谏"与"心衷"的沉思

148·谈冰心前期散文的风格与形成

156·后记

梁思成说:"建筑是在各种社会生活和社会意识的要求下产生的,所以当许多建筑在一起时,会把当时的经济、政治和文化的情况多方面地反映出来。"

三坊七巷就是这样的一个地方,在岁月的浸润中,它从一个建筑渐渐地成为一个符号,一个文化符号。

坊巷格局 ——— 另一只眼看三坊七巷

三坊七巷之味

三坊七巷有"味"吗？有！这味需要慢慢地品。

品味三坊七巷，像是在品味一瓶陈年窖酒。这窖酒醇厚，散发着独特的芬芳。窖酒独特的味，取决于窖土，闽都这块土地是三坊七巷的窖土，孕育出了独具芬芳的三坊七巷文化。窖酒独特的味，取决于时间，岁月沉淀酒的浓香，去除了酒的辛辣。三坊七巷，在两千多年的积淀中使自己变得醇厚。三坊七巷的醇厚，值得慢慢地品、细细地察，让"酒香"常留舌尖，去慢慢地找到那份属于你的感觉。

品味三坊七巷，像是在品味一粒橄榄，开始时有些苦涩，慢慢地，渐渐地在舌尖化开，从舌尖绵延到心尖。你会觉得，它不浓烈，但饱满。你若让我描述这是什么味，我真的还说不清。因为，在岁月的浸润中，它有喜、有悲、有离、有合，有酸、有甜、有苦、有乐，有寒、有冷、有阴、有阳……这样调和出的坊巷，你说，该是啥味？说不清，道不明。但是，正因为这样，我们才愿意一次又一次地走进三坊七巷。

品味三坊七巷，像是在品味一杯甘醇的老白茶。在闽东工作了两年，至今还会想起福鼎的老白茶。在静静的夜晚里，在晕暗的灯下，独自泡上一壶老白茶，品着，那回甘，久留于舌尖。三坊七巷是一片建筑群，但是，我一直以为，经过风雨浸润的坊巷，已经不再简单地是一座座建筑了。它的每一根柱、每一道梁、每一块砖，都在吮吸着曾经住在这里的人的味。我一直以为，建筑有耳，它也一直在听着曾住在这里的人的故事；建筑有记忆，它记录着这里的一切。屋子依旧，主人更替……一切的变与不变增添了故事的情节，增添了故事的味儿。

经过岁月浸润的三坊七巷，不再是简单的一座坊巷，而是文化。文化就是一种味，这味有营养，可以滋润人。

梁思成说："建筑是在各种社会生活和社会意识的要求下产生的，所以当许多建筑在一起时，会把当时的经济、政治和文化的情况多方面地反映出来。"三坊七巷就是这样的一个地方，在岁月的浸润中，它从一座座建筑渐渐地成为一个文化符号。

三坊七巷之味

坊巷之美

坊巷格局

三坊七巷是福州的一张烫金名片。它摘得国家级 5A 级景区桂冠,荣膺 2015 年联合国教科文组织亚太文化遗产保护奖。

三坊七巷是先人留给我们的历史记忆。只要你愿意,就可以走进坊巷之间,品味这道大餐。即便你是个匆匆过客,也可以享用一次精神快餐。相信到此一游带来的精神享受,也会在你脑海里留下深深的记忆。

游览过不少景点,有的地方,乍看还有些模样,可是走过之后,很难留下印象。这有如书法作品,有的作品初看可以,但细细观察品味,却少了韵味,也就是人们常说的经不起看;而有的书法作品,初看时如孩童写字,心想实在不敢恭维,但久视却看出味道,看出内涵,让人不由恭敬之,这就是耐看。我对三坊七巷的感觉,也如品赏一幅有内涵的书作一般,久看不厌,总有走进它的冲动。可以在下班后的傍晚,翻过乌山,领略黄昏下的坊巷;也可以在夜色下,行走在南后街,望着一盏盏挂在门店前红红的灯笼和门店内的明亮灯火,听着熙熙攘攘的人流欢笑片段,去体会灯火阑珊中的诗韵;还可以在清晨,骑上便民自行车从家中匆匆而来,穿梭坊巷间,寻找早上拎着菜篮走在长长的小巷的大妈身影,聆听着从石板传来的脚步声,看看在青石板上跳跃的小麻雀,寻找市井的气息,享受

晨的宁静。或是在一个周末,随着人流,走进一座座宅院,静静地听着导游的讲解,仿佛穿越了时光,心情愉悦,不由轻轻地赞道:美哉,三坊七巷。

建筑是一门综合艺术,是凝固的音符。社会生产力和生产关系的变化,政治、文化、宗教、生活习惯等等的变化,都密切影响着建筑技术和艺术。古希腊建筑以端庄、典雅、匀称、秀美见长,既反映了城邦制小国寡民,也反映了当时兴旺的经济以及灿烂的文化艺术和哲学思想;罗马建筑的宏伟壮丽,反映了国力雄厚、财富充足以及统治集团巨大的组织能力、雄心勃勃的气魄和奢华的生活。三坊七巷始建于晋代,经历了千余年,在明清时期达到巅峰。三坊七巷,是古时官宦居住之地。官员,游历各地,见多识广,所以在营造房屋时,既采撷了各地建筑之长处,又融入了闽文化之特色。有人说,三坊七巷是明清建筑的博物馆,我以为,完整地说,应当是明清时期闽派建筑的博物馆。细细地揣摩、细细地观察,你会被闽派建筑的美所浸润。

三坊七巷的美,在于它的整体美、它的格局美。建筑讲究规划,有的建筑,从单体说是完美的,可是从整体来说却是零乱的、无序的。这又让我想到书法,一幅好的作品,不仅每个字透出韵味,而且章法也美,气韵

畅通。三坊七巷的建筑，历经一千多年的打造，但是，其里坊制度的格局一直得以延续不变，你从高处俯瞰，三坊七巷就如一幅画，蓝天白云映衬下的连片的黑色屋顶，犹如此起彼伏的万顷波涛，壮观无比。伸向苍穹的燕脊角，既增加了院落的美感，又增加了它的阳刚；黑瓦与黑瓦间是一道道错落有致、交错纵横的线条，那是坊巷的路。我静静欣赏，突然两个词语从脑际中涌起：其一，"一张蓝图绘到底"，坊巷历经千年，始终按照里坊制度来布局，才有呈现在人们眼前的这番景象；其二，"网格化"，这个词是随着信息时代的出现才兴起的，可我却在三坊七巷看到了它的影子，找到了它的源头。三坊七巷之美，是智慧使然，又是坚守使然。

　　三坊七巷的美，在于它的建筑语言的多样性。坊巷内拥有数百座明清古建筑，有专家称赞它"与宫廷建筑相比，过之而无不及"，将它誉为"江南古建筑的艺术宝库"。当你仰望南后街上矗立的那根竿上独迎风飞扬的幡，当你走进每一个院落，从踏进门槛的那一刻起，你就会感到丰富的建筑语言扑面而来，似乎有人在你的身边，告诉你有关这屋子里的信息。其实，屋里无人，而是这屋子里的天井、石板、门槛、屋梁都会说话，是它们在述说，在与你对话。人要善读无字之书，人也要培养读无字之书之功。有人说，外行看热闹，内行看门道。行走三坊七巷，只有能读无字之

坊巷格局 ——— 另一只眼看三坊七巷

书才能看出它的门道，才能与这坊巷、这一片建筑进行交流，在交流中体会它的美。

　　三坊七巷的美，在于时光流淌中的积淀，在于时光流淌中书写的故事。三坊七巷历经千余年，流淌的不仅仅是时光，而是在岁月的流淌中积淀了许许多多的事。你随便走进一个院落，导游都可以给你讲出一串串故事，宅院的变迁，家道的兴衰，还有家国之关系。徜徉于院落之中，依稀可以听到时光流水之声，时而如潮澎湃，惊心动魄，如一曲交响曲子；时

而波澜不兴,潺潺而流,如听温馨小曲。伫立于院落之外,又如在欣赏一件文物,岁月留下的痕迹,有如文物的包浆,厚重而温润。

建筑是凝固的乐章。三坊七巷在岁月中,弹奏着一首属于自己的歌。我很想与你一起,走坊穿巷、进院入宅,去聆听这首歌。至于这首歌,是激越,还是轻扬,抑或还有其他,你听了之后,再慢慢品味。我也很想与你一起,去抚摸这座古建筑的"包浆",去感受它的温润。

走坊穿巷

徜徉于坊巷之间,去感受、品味这方圆六百亩的坊巷带给人们的愉悦与美感。

坊巷格局

三坊七巷,享有"里坊制度的活化石""明清建筑博物馆"之誉。生活在这座城市,时常在闲暇时光,徜徉于坊巷之间,去感受、品味这占地六百余亩的坊巷带给人们的愉悦与美感。

三坊七巷北门的入口处,矗立着一座由花岗岩石雕砌而成的牌坊,牌坊由梁与柱构成,给人以庄严、肃穆、厚重之感。这座牌坊是在2006年三坊七巷进行大规模改造而新建的,它起到一种标识作用,意思是三坊七巷从此起。牌坊,是中国的一种传统建筑形式,古已有之,然建筑目的却各不相同:有的是为以纪念某个人或某件事而建造的,曾经到过屏南县的际头村,在村子附近的古道旁,矗立着十座牌坊群,那是贞洁坊,每一座牌坊都在讲述着一个贞女的故事,看了让人心里振动。有的就如眼前这座牌坊,起到一种标识作用,尤其是在农村,这牌坊就如同村的大门。牌坊的柱上镌刻楹联,诵读精炼到位的楹联可大体了解坊巷的精神和魅力所在。

穿过牌坊,便是三坊七巷的中轴线——南后街。整个坊巷布局,沿南后街左右展开,右边依次为三坊:衣锦坊、文儒坊、光禄坊,左边依次为七巷:杨桥巷、郎官巷、塔巷、黄巷、安民巷、宫巷、吉庇巷。只是由于建设的需要,如今,光禄坊、杨桥巷、吉庇巷都被辟为车道,已经少了坊巷的韵味了。站在南后街的风雨廊上，细细看着，觉得这南后街就如一棵大树的树干，坊与巷就如树枝，而那一座座民居就如枝上的叶。每一片叶子，都还有属于自己的叶脉；每一片叶子，都可以找到属于自己的枝。每一个枝，都连着干。由此观之，三坊七巷枝繁叶茂。

  里坊制的一个重要特点，就是将商业与手工业限制在一些定时开闭的"市"中。南后街就是这样的一个"市"，也就是我们现在所说的商业街，街长大约 600 米。沿街望去，街两边店铺一家挨着一家，每家商铺的装饰古朴、厚重。沿街商店的招牌选用名人书法作品制作成各式各样的木牌匾，所以，街上的店招就是一个名家书法的荟萃，可以让人细细欣赏。每家商铺，几乎都挂着红红的灯笼。灯笼，是一种喜庆的象征，福州人喜欢在屋檐或是门厅里挂灯笼，以图个吉利。灯笼在微风中轻轻地摇晃，像是在迎接着每一个顾客的光临。望着这条长长的南后街，可以想象，夜晚华灯初放时，人们从坊巷走出，在这街上赏灯购物，是否可以体会到"众里寻他千百度，蓦然回首，那人却在灯火阑珊处"的那种意境呢？这条入夜更是熙熙攘攘的街，不知道，成全了多少情缘。

  里坊制实际上是为了满足管理的需要而设计的。三坊七巷整个布局呈现出里坊制的特点：它将方圆六百亩的土地，按照里坊的格局进行划分，

坊巷格局 —— 另一只眼看三坊七巷 ——

坊巷格局

使每一个院落都坐落在一个坊中或一个巷中，穿行于坊巷中，巷两旁是一户户人家的大门，灰白的马头墙下镶嵌着朱红色的大门，非常有序。走在坊巷间的青石板上，似乎可以依稀听到那木屐鞋的声音。如今，你走在坊巷间，很难觉察到坊巷的区别，其实，坊是坊，巷是巷，两者是有区分的。其一，坊中有巷，巷中无坊。按照这种理念，我们便不难理解，为什么在同样长度的南后街上，右边布局三个坊，左边却有七条巷。在三坊中的巷，有的是一巷通两坊，有的巷子却如死胡同，进去了还得原路返回。其二，坊与巷的路宽不同。巷可以行两辆马车，而坊却只能通行一辆马车，这可以理解，因为坊的住户比巷的住户多，道路也应当要更加宽敞些许。其三，坊有门而巷无门。坊在夜深时是闭门的，然无论是巷还是坊，夜里都能听到打更声——敲击木头而发出的声音，悠远、让人心安。

坊与巷虽有区别，但没有等级的区别。你如果细细地观察，以前许多对中国近代史产生重大影响的人，他们的宅院是在巷中而不是在坊中。

行走在闽山巷中，这条巷子贯通衣锦坊和文儒坊。巷子宽不足两米。两旁是高高的马头墙，墙檐是黑色的弧形的边，一条弧线连着一条弧线，如同乐谱，行走其间让人感受到这如音乐般的柔和、轻曼。弧线之下是大片大片的灰白色的墙体，我用手触摸，墙体柔和细腻，有一种冰凉的感觉。灰白的路灯，造型与墙浑然一体，夜时，长长的巷子寂静，只有这孤寂的灯火引导的行人，给人一丝安全感。

  我费了很大的劲，登上了可以俯瞰这片坊巷的楼宇，我看到的是那黑瓦的斜斜的屋顶，一个屋顶挨着一个屋顶，屋顶与屋顶间又组成一个又一个方块，方块与方块之间，是一道道线条。我知道，那一条条线条，就是一条条道路。俯视这片屋顶，错落有致，又是那样流畅，让我想起插队时的田野，连片绿油油的稻田，就是这样用泥土垒起田埂，分割成一块又一块的稻田，在一大片的稻田之间，又筑起一条条机耕路。这种格局，源于古时的井田制。望着这坊巷的屋顶，我不知道，这种坊巷格局的设计灵感是否与阡陌农田有关……

楣 杆

听了它的由来,心里有一种负重感。

南后街的叶氏民居门前,矗立着一根高高的楣杆。仰视,楣杆的顶端,是一个下窄上宽四方斗,斗的下方垂挂着红红的灯笼。许多人走在街上,都会仰视这根楣杆,好奇地问道,这是什么?

楣杆的设计,吸收了古时的华表元素,又兼具了明快、简洁、端庄。若论实用,楣杆并没有实用意义,它的意义在于昭示,是荣耀的象征,骄傲与自豪的表达。你若想观其全貌,一定要仰视,仰视是一种敬重的表示。为了便于观瞻,楣杆一般都矗立在比较宽广的场所。

之所以矗立起楣杆,有这么一种说法:古时哪家孩子参加举人考试,行前,家人就会立起楣杆。揭榜后,考中了,楣杆就永久地立在那儿,倘若没有考取,楣杆就要放倒。"倒楣"这一词语,就源自于此。

楣杆的立起与放下,分别意味着希望的实现与破灭:考取了,楣杆屹立,垂挂着红红的灯笼,无声地诉说着这家人的荣耀,告诉人们这是举人之家;楣杆放倒那一时刻,意味着心中愿望的破灭,是脸面的失去。

立于南后街的楣杆映衬在蓝天白云下,一串红红的灯笼在微风中轻轻地摇晃,给人温馨之感。然而我却觉得这楣杆有着太沉的负重感。矗立起,将期盼寄于这楣杆,揭榜前的日日夜夜,忐忑不安;揭榜之际,正是期盼的实现与破灭终见分晓时——成功者兴高采烈,众人道贺,功败垂成者，悄然放下楣杆，又是多么的酸楚。

每每走在南后街，都会凝望这根楣杆。我想，在古时，它就是一种无言的激励，激励着每一个望子成龙的家长，激励着每一个追求功名的学子。家长可能会指着矗立的楣杆告诉孩子："好好学习，到时候我们家也矗立起这样一根楣杆。"孩子也会从这根楣杆看到自己的方向，努力学习，

考取功名。那个时候,学习是与功名挂在一起的,考举人成了考功名;学习又是与为仕连在一起的。学而优则仕,为仕是学习的目的。

由此想来,这楣杆与科举有关。如今,科举制度不复存在,楣杆只是作为一种见证,述说着科举制度下读书人的愿望。然而,我知道,放下的楣杆远比矗立的多。

我多么希望见到更多不用放倒的楣杆,这便意味着有更多人家欢乐,更多赶考者成功。

安泰河

安泰河,是河,是一条人工河,是一条浪漫之河;也是一条路,一条水路,一条通江达海的路、一条联络乡情的路、一条酿情生情的路。

推开二楼的窗子,俯视窗前的河,这条河便是安泰河。一对情侣正在安泰河畔拍婚纱照片,他们在摄影师的指导下,时而在杨柳树下,时而在石板桥边,时而在美人靠上,摆出各种姿势,尽显浪漫甜蜜。美景配佳人,景让情生,情让景美。

据记载,安泰河全长有 2520 米,其中三分之二流经于三坊七巷的南面和西面,最后与白马河交汇。有这么一条河流,地势平坦的三坊七巷,就成了有山有水的地方了。山为阳,水为阴,我感叹古人的智慧,把一座坊巷当作一件作品构思,雕琢得如此精细。

独自走在安泰河畔,望着潺潺流水,寻思这水往何处流。安泰河是一条人工河,当年开凿它不是作为园林园艺,满足人们的观感;在当时,开凿安泰河,是民生需要,它有护城河之功能,更是交通要道。这河是路,是一条水路,是福州众多内河中的一条,组成了纵横交错的水路网,可以通闽江、往东海。百余年前,没有公路,更没有铁路,有的只有大自然的溪流河海。先辈就是利用大自然的赋予,开凿了一条又一条内河,把握潮涨潮落的规律,潮涨时,利用潮涌,将海里来的、山里来的物资从台江运进安泰河,又利用潮退时将需要送出去的物资通过内河运达台江,而后装船。需要走海的,沿着闽江向东而去;需要入山的,溯流闽江送入山中。

坊巷格局
——另一只眼看三坊七巷

曾听老人说起他们乘船往南平采办山货的经历，那时从福州往南平，下午从台江登船，到了水口，船泊江边过夜，第二天清晨又启航，下午两三点船就可泊靠延福门码头；而从南平往福州，因为是顺水，晨时登船，傍晚即可抵达台江码头。那时的闽江，江面繁忙，张张木筏顺水漂流。孩提时，住在延福门附近的小水门，傍晚时江面木筏云集，夜深时木筏上灯火点点，与星空相映；晨时，天边刚刚吐白，筏工雄浑的号子声打破了江面的宁静，惊扰了鸥鹭。木筏启航，向着闽江下游漂流。那时，我不知道那漂向何处，现在想来，三坊七巷院落的建材中，肯定有从闽江漂流而来的木头，顺着白马河入安泰河，最终成为某个院落中的一根梁，一条柱。

一条不算长的安泰河，却是一条开放的河，牵山连海，让这条河经着海风、沐着山风，让三坊七巷吮吸着外面的新鲜空气。有时，我又在想，这条河如眼、如耳，让我们在封闭的时代可以看到、听到外面的风云，让这座三坊七巷总是与时代相呼应。

福州纵横交错的内河，让福州拥有了水城之称，享有"东方威尼斯"之誉。至今，福州城区依然拥有100多条内河，这让福州人引以为傲。内河，不仅连接外界，而内部通达，有如人的脉络。在城市陆上交通尚不发达的时代，水路的作用不可低估，也形成了自己的独特的商业文化。在我

坊巷格局

——

另一只眼看三坊七巷

——

的脑海中，依然存着一位老人曾经给我讲述的内河记忆。老人满怀着对童年时光记忆的思念娓娓叙来：晨时，他常常是被从内河传来的浓浓福州口音的叫卖声吵醒，听到这声音，母亲就会走到靠内河的凉台上，用绳子系上菜篮，告诉卖家自己需要什么，卖家将所需要的商品放置篮子里，母亲再用绳子慢慢将篮子提上来，尔后再将钱放置篮内放下去；夜深时，内河上传来"鱼丸、扁肉、肉燕"的叫卖声，这时候，他会拉着母亲的衣角，吵着要母亲买，程序也像晨时一样，所有的交易都是通过一个篮子、一根绳索完成的。

"那河畔的金柳，是夕阳中的新娘；波光里的艳影，在我的心头荡漾。"这是徐志摩先生的《再别康桥》里的诗句，曾经让多少少男少女为之心动。其实，在这安泰河畔也流传着"荔枝换绛桃"的爱情故事，说的是书生艾敬郎与妙龄女子冷霜蝉本是隔河对门的邻居，冷霜蝉知道艾敬郎每日在后楼作画，一天，见艾敬郎欲画荔枝，便摘了数颗荔枝投过楼。艾敬郎接过荔枝，遂将绛桃掷过楼，以示回敬。此后两人每日抛来投去，感情日深。这日，冷霜蝉又将荔枝投来，艾敬郎思忖片刻，写了李义山的诗句"身无彩凤双飞翼"，包上绛桃回掷过楼。冷霜蝉接桃后，在罗帕上书写"心有灵犀一点通"，包着荔枝又掷过来。艾敬郎得此诗句后，如醉如

痴，朝不思食，夜不成寝。其母舒氏见儿子日渐消瘦，再三诘问，才得真情。舒氏冒昧过河造访，得冷霜蝉示意，恳请闽王乳娘归大娘为媒，两人订下百年之好，拟于中秋佳节成婚。不料这时闽王征选宫女，将冷霜蝉抢进宫去，虽经归大娘以闽王乳娘的身份前去说情，但闽王贪恋霜蝉的美貌，不肯释放。霜蝉自知无望，乃求得与敬郎一见，至时二人一同跳进柴塔的烈火之中，化成一对鸳鸯，双双腾空飞去。故事凄楚，闻之心酸。我琢磨着，这结尾是不是化用了《梁山伯与祝英台》化蝶的手法，既表达爱情的甜蜜，更表达了对爱情的忠贞，以悲剧结尾让人对故事更加刻骨铭心。但不管怎说，安泰河应当成为福州的爱情河！这河岸参天的古榕、婀娜的柳叶又见证了多少有情人终成眷属；那安泰河波光里的艳影，又催生出多少浪漫爱情。

　　坐在美人靠上，回味"荔枝换绛桃"的故事。远处的乐音传入耳际，我寻音而去，原来是几个老人拉着乐器，唱着歌曲。就艺术而论，不是最好的，但是，他们的神态却是陶醉的，显然是享受着属于自己的悠然生活。

安泰河是福州内河中一条,它与其他内河一道孕育着这座城市独有的内河文化,同时,又因为地处三坊七巷,成为三坊七巷文化的一个部分。安泰河是河,也是路,是一条通江达海的水路、一条联结千家万户的乡情之路、一条温馨浪漫的爱情之路。

安泰河,历经时代变迁,水路的功能已经消失,但它已成为福州这座城市的民俗画卷。品味它心中就会泛起浓浓的乡愁。

雪 洞

在空调还没有问世的时代,它替代了空调,营造出了一片清凉之地。

穿梭在三坊七巷的每一个院落中,你会发现,大凡有一定规模的院落,都有一处"雪洞"。各处雪洞取名各有不同:如二梅书屋有一处雪洞,因其顶状如"七星",故取名为"七星洞";在叶氏民居和小黄楼等处,也都有不同名称的雪洞。

何谓雪洞?其功能如同今天的空调。雪洞一般建在客厅通向住宅连接处的通道上,这样便于对流。如二梅书屋的七星洞连着一、三进,同时又是个纳凉的佳处,一般宽约二米,深数米,高可容人进出。夏季炎热时,人们在雪洞中沐着风、消着暑、聊着天,真是非同一般的惬意享受。

雪洞,反映了古人的智慧,体现人们改造环境、利用环境的能动性。

雪洞两旁峥嵘突兀,顶上嶙峋莫测。在材料上,不是简单地用石灰往墙上抹,而是用糯米、白灰、红糖掺揉成泥,增加它的韧性。这在古时的建筑中是一种常见的方式,据说建长城时,也加了糯米以增加墙体的韧性。在插队时曾经帮助农民垒墙,东家在黄土中也加入红糖和糯米。触摸雪洞,墙体细腻光滑如人体肌肤,透着凉爽。而它的建造方式,据林那北的《三坊七巷》一书介绍:"是一点点、一层层抹上去,抹出一块块鸟窝状的效果来。最难完成的是顶上部分,悬空施工已经不易,而且还要镂空,还要弄出别致的花样来,只要有一点闪失,就前功尽弃了。"说明雪

洞不是一个简单的洞，它有自己独特的建筑材料和独特的建造方式。据说它是根据气流学原理建造的，便于凉风在洞中停留更长时间。

伫立在雪洞中，丝丝的凉意扑面而来。如今，在家时，人们可以在房间里开着空调，看着电视；或在酷暑时往郊外、省外甚至是国外，一边游览名山大川，一边休假避暑。可在古时，没有如今的交通条件，一辈子没有离开这座城的大有人在，他们只能在雪洞中消暑避夏。

雪洞是宅院的一个部分，是一个说长道短的地方。盛夏时，人们在雪洞中消暑，一边谈着家事国事、谈着柴米油盐、谈着坊间见闻。我相信，每一个雪洞都有属于自己的故事，有自己的情与爱，我们不妨在炎炎夏日，耐下性子，认真去倾听……

楹 联

楹联作为点缀类的建筑小品,让三坊七巷充满文气,让人从楹联内容中受到启迪。

无论你是从北口还是从南口进入三坊七巷,最先映入眼帘的肯定是楹联,见得最多的也是楹联。曾经做过这样一个猜想,如果把三坊七巷的楹联全部撤去,那三坊七巷给人又是一种怎样的感觉呢?

梁思成先生在《拙匠随笔》一文中这样说道:"在都市的街道、广场或在殿堂的庭院中,往往有许多点缀性的建筑或雕刻。这些点缀品,如同主要建筑一样,不同的民族也各有不同的类型或风格。"按照梁先生的这一定义,楹联这一艺术形式

是适应中国建筑特点而生的,在街道、坊巷、庭院都可以见到,可以说,楹联适应了"中国建筑自古以来就用木材形成了我们这种建筑形式",体现了"鲜明的民族特征和独特的民族风格"(梁思成语)。楹联是中国建筑中不可缺少的点缀性建筑小品,提升了庭院气质、让庭院充满文气。即使是在今天,钢筋水泥替代了木材,但为了体现中国的建筑风格,还是把混凝土浇筑出的梁柱仿制成木制,在柱子上悬挂楹联。如果你登上位于屏

山之巅的镇海楼,这个于 2007 年重建的建筑,它用混凝土建筑而成,但外观上看却是木制建筑。

三坊七巷是楹联的宝库。梁章钜是中国楹联的鼻祖,他创作的《楹联丛话》搜集保存了大量历代联作,是我国文学史上第一部联话著作。楹联自唐、五代肇始,历千余年而长盛不衰。但是,梁章钜的贡献在于他丰富的楹联创作。

楹联这一古已有之的建筑小品在三坊七巷得到传承发扬,随处可见。

一是镌刻于石柱之上,融入牌坊,从北门进入,迎面就是三坊七巷的牌坊,横梁上书"南后街"三字。六根柱子镌刻三副对联,三坊的坊口与七巷的巷口,都各镌刻着一副楹联。其字或楷、或隶、或篆、或草、或行,其势或雄健、或婀娜。楹联与牌坊浑然一体,成了牌坊的一个建筑元素。

二是挂于院落大门或是厅堂、亭楼的门柱处。你随便走进一个院落,都会看到大门处贴着楹联——一般的,用红纸写,春节前又再贴一副;讲究的,在门口悬挂木制楹联。走进大厅,大厅处也悬挂楹联。民宅设计

时，大厅的柱子成双成对，并且左右对称。楹联的制作根据柱子的形式而决定，倘若柱子是四方的，那镌刻的材料也应当是平面，倘若柱子是圆的，他们镌刻的材料也应当制作成弧形，目的是使悬挂的楹联与柱子更加贴切。

用于制作楹联的材料一般都是以黑色为底，字体一般是金色、红色或是绿色，以黑色为底，其中一个功能就是使文字更加显眼、更加端庄，使文字的内容表达得更加充分。

楹联这一点缀性的建筑小品，将书法艺术与文学艺术集于一体，造就了独特的楹联文化。你走在林觉民和冰心故居，读到"知足知不足，有为弗有为"，你会为屋主人的平淡心境所感染；走在林则徐纪念馆，读到"苟利中国生死以，岂因祸福避趋之"，你会为林则徐以中国为重的担当精神所感染。据不完全统计，在三坊七巷，楹联有几百对之多。

楹联作为点缀性建筑小品，是人类创造的最耐久的东西，它装饰建筑，增添了建筑物的文化内涵。

坊巷格局

另一只眼看三坊七巷

夫 妻 树

苏迪罗台风肆虐席卷,大量树木被狂风刮倒,榕城受到了重创。有一棵大树的倾倒尤其牵动了市民的心,引起了媒体高度关注,不仅市内的媒体,还有中央级的媒体,人民网、光明网、新浪网都做了报道。报道中惋惜:三坊七巷的一道风景线,百年历史的"夫妻树"倒了。市民谈及台风,少不了论及这株倒伏的大树。园林工人在第一时间对它实施了抢救,清洗根部、截去残枝、为它吊瓶输液,在原址将它扶正。如今,你从南口进入南后街,举目望去,那棵只有光秃秃枝干的大树就立在那儿,园林工人为它垒起了树池,固定了安全绳,防护措施可谓备矣。

一棵大树的倒伏,何以能引起人们如此的关注?这与它在南后街的地位有关,也与这棵树的寓意有关。长长的南后街,没有多少树木,在三坊七巷大规模的改造中,人们没有将它移去,人们视它为南后街的标志性景观。一位三坊七巷管委会的同志更是风趣地告诉我,它是"镇街之宝"。

这株的特别之处在于,它是南洋楹与水榕树合抱融为一体。什么东西只要与爱情联系起来,就可以激活人们无限的想象力,人们把太多的心愿寄予这株大树,赞叹它的厮守,也赞叹它的根繁叶茂。我在想着,它是一株树,又不是一株树,这树已经添入内涵,承载着爱情。一样东西,如果添入了其他的内涵,它往往超越了事物的本身,让事物得

坊巷格局 —— 另一只眼看三坊七巷

到升华。

  这棵树给我留下印象是 2012 年在三坊七巷举办的元宵灯会，整条南后街被各式各样的灯装点着，花团锦簇，观者熙攘。在南口的入口处，首先映入眼帘的是"二龙戏珠"造型的灯景，与"夫妻树"交相辉映，灯的多彩、树的绿意，搭配和谐，一派喜气洋洋。许多游人在这里驻足，留下了倩影。

  如今，这棵"夫妻树"静静地立在南后街上，得到精心呵护，我期待它重焕勃勃生机。相信这棵"夫妻树"，历经磨难，情缘不断，依然是南后街一道地标性景观。只是，台风中的这次经历会让夫妻树的故事更加神奇，人们也许会这棵历艰险而后生的"夫妻树"多些许爱惜之情。

水榭戏台

水榭戏台，其实就是宅院的后花园。虽然时常穿梭流连于三坊七巷的众多宅院里，但我去得最多的还是这处水榭戏台。

水榭戏台坐落于衣锦坊。一天夏天的下午，这天天气晴朗，我又随同客人去了一趟三坊七巷。参观完其他一些院落，导游似乎感到大伙儿已经有点累了，说，走吧，去看看水榭戏台，在那儿可以一边听闽剧，一边品福州的茉莉花茶。我们随同导游，跨进院落的大门，走过天井，穿过大厅，步过一段廊道，便到了这个后花园。

正是三角梅盛开的季节，一进入后花园，便感到奔放热烈的气息：戏台边上那株高高的三角梅红花开满树，一片火红，见不着一片绿叶。泥塘中紫色的睡莲、绿绿的叶子漂浮水面，有的莲花已经完全绽放，有的半开半闭、欲开还羞。

坐在戏台对面的大厅里，听着闽剧。论祖籍，自己也算是福州人，但是父辈抗战时逃难闽北，我生在闽北、长在闽北，福州话虽是能说上几句，那都是些日常用语，如这样地道的福州话腔调，大部分都听不懂。好在细心的主事者，把唱词打在了舞台左右两边的狭长的屏幕上，观众通过屏幕去理解表演者的唱词，再体会字正腔圆。渐渐地我的心思从精彩的表演转移到戏台上。因为，我知道这座戏台享有"世界非物质文化遗产"的

荣誉称号。

  戏台的面积有三十二平方米，三面开放，一面靠墙，墙上绘着传统民间故事《荔枝换绛桃》的画作。整座戏台的造型如亭子，舞台顶部弯弯的翘角，与马鞍墙的翘角相互呼应，把蓝天剪出了一条天际线。

  这个舞台在水池之上。不知道是主人的有心为之，还是因为面积狭小，为节约土地的无奈之举。倘若是有心为之，说明主人颇晓物理学原理，若是无心为之，也说明主人有无心栽花花满园之功。戏台之所以能够成为世界非物质文化遗产，就在于把戏台建于水池上。你坐在大厅里听戏，没有借助任何音响，声音却十分响亮——这水池就是个音箱，它传导声音、放大声音。

  继续听着闽剧，导游继续介绍庭院的独到之处。她说，这大厅之上，还有一个阁楼。习惯上，男宾在一楼观戏，女眷和孩子在二层的阁楼上观看。她引我们到水池边的护栏边，说大家可以试试，看得到二楼吗？我试着靠在护栏上，把身子尽量后仰，脚后跟高高地垫起，尽管如此，也只能看到二楼的边沿。导游告诉大家，设计者为了体现男女有别，也防止观戏

坊巷格局

另一只眼看三坊七巷

时男女眉目传情,故意设置大厅与二楼之间是看不到的,男宾与女眷自然不能交流,注意力顺理成章地全部聚集在舞台之上。听了导游的这一介绍,我们说,中国的建筑语言也十分丰富,它也不断加强固化了人们的思想观念。

我问导游大厅右侧一条走廊的用处,导游告诉我,这是递曲目用的。客人如果点了什么曲目,就写上折子,通过廊道的圆圆的窗口递进去。她说,在古时,演员是不能够到大厅来的。这个舞台,有一个通道,连着衣锦坊的路,演员只能从这个门进入后面的化妆间,化妆后进入舞台,演出后,依旧从这个通道回去,也就是说,演员是不能够从大门进出的。

如今,时代已变,今天的演员已经不是旧时的戏子,他们是精神食粮的创造者、是精神文明的传播者。但是,这座戏台,却烙下了时代的印迹,反映了旧时演员的社会地位。这让我想起了梁思成先生所说的"建筑虽然是一门技术科学,但它不仅仅是单纯的技术科学,而往往又是带有或多或少(有时极高度的)艺术性的综合体"。

久久地伫立在水榭歌台前,我在与这座建筑对话。建筑会说话,建筑是凝固的乐章,是思想观念的固化。我与它对话,就是要让凝固的语言和观念鲜活地释放出来。这座水榭戏台,正焕发出新的生机。

坊巷格局

—— 另一只眼看三坊七巷 ——

天 井

三坊七巷里的每一幢院落的格局基本一样。迈进大门的那道门槛,显得有些高,不抬起腿,这门还真有些难进。进门之后,一道屏风挡住,人只能往左右两边进出,只有办"大事"时,屏风才可能打开。这屏风,如玄关,使院落更加隐蔽,整个院落不会被一览无余,完全暴露于坊巷,也使这院的财气不外流。

走进大院,正面的大厅,左右的厢房和中间的天井便映入眼帘。我走过的三坊七巷里的十几座院落,天井几乎是每个院落不可或缺的组成部分,严复故居有之、二梅书屋有之。不同的是,位置上有些差异。

细细地观察,处于左右厢房和厅堂之前的天井,方方正正。天井之上,置着两个大大的水缸,装满水的缸中,还有一个小缸,缸中种着睡莲,长长的茎撑着一两片莲叶,莲叶浮在水面。夏秋之间,缸里开着莲花,花瓣外浅内深的紫、黄黄的蕊,让人感到它的素雅而多彩。缸里养着鱼儿,多以红色为主,或是红白相间,或是红黑白相杂,色彩斑斓。但水缸的功用不只是在美化环境,它还有消防的功用,人们在天井中置放水缸,盛满水,以防火灾。平时,主人家也可以用这水养兰花。天井的装饰,折射出主人的品味。

一片天井,看似简单,却接天连地,大有学问。天井的设计,把古代

的天方地圆的理念体现其中。站在天井之上，仰望苍穹，天虽无边，但因为屋檐限制视野，也不能穷极。有了天井，院落便能留金流银。所谓留金，就是阳光从天井中照射进来，映在地上、墙上，一片金色。金，代表着财富。我领略过阳光照在庭院的景色：阳光映射在红红的地毯上，照在斑驳的墙上，满壁金晖，富丽堂皇。所谓流银，就是雨天时，从天而至的雨水直接滴落或是通过那斜斜的屋檐汇聚在天井里，雨是晶莹透亮的，有人将这雨称为银雨。诗人曾经把下雨的过程描写为"大珠小珠落玉盘"，如此想来，天井便是玉盘，承接着阳光雨露。

观察天井的地砖，它们都是透水性极强的透水砖。即便是倾盆大雨，这天井里的水也能够迅速地被透水砖下的泥土所吸，渗向内河，流入闽江，汇聚大海。望着这地砖，不由产生对先人的景仰之情。实际上，这院落堪称"海绵院落"，雨水既滋润院落，又不至于造成水涝。一个看似简单的天井，其实挺复杂，复杂在基础，它看不见但又实实在在地影响着院落里的生产生活。

站在天井的中央，仰望天空：白日，可以望见白云，抑或还可以看到几只鸟儿飞过；夜里，可以望见星星，赏着月儿，月圆了又缺，缺了又圆，抑或还可以望见萤火虫带着一闪一闪的飞过。此时此刻的天井，便是

45

天 井

产生诗意的地方。

晨时，又走进一个院落，一个老者正在天井打着太极拳，一招一式，专注，我看了也出神。太极拳很静，但静中有动，充满活力。

我们把湿地比作地球之肾，它有着调节气候、涵养水源、防止水土流失、降解污染、保护生物多样性的作用。不知道，这天井，可否称作这院落的湿地、院落的"肾"？我以为院落需要这样一颗"肾"。

厅　堂

厅堂,是一个院落的脸面。

厅堂,是院落布局必不可少的一个部分。这并不是三坊七巷所独有,插队时所见的每一幢农舍,居于房屋中央的就是厅。如今的高楼,每一个单元里,也都一定有一个厅。

厅堂是人们进入院落大门后最先到达的部分,它是这个院落的公共部分。客人造访时,主人在这儿接待访客;红白喜事在这儿操办,大事小事在这儿商议;一家人闲暇时也在这里消遣时光,聊着八方的传闻、说着家长里短。

一个院落横为"间",竖为"进",院落的面积多大,取决于"间"与"进","间"决定着屋的宽度,"进"决定屋的深度。一个院落有几进便有几个厅堂。用几个汉字可以形象说明,"口"字的院落是一进,"日"字就是两进,"目"字就是三进。每一进,都有一个天井,按照"天井-厅堂"、"天井-厅堂"这样的顺序排列。三坊七巷的院落格局,体现了中国传统建筑对称的手法,即"主座朝南,左右对称"的格局。

厅堂,是一个院落的脸面。人靠衣装马靠鞍,厅堂也是一个院落的形象,主人总是花心思把厅装饰出特色,体现出大气、文气、宽敞、富贵。厅的挑高往往比其他建筑高,也往往比其他建筑面积大,厅的中央不能有柱子。厅堂是敞开式的,左右和后边都有墙。后面的那面墙称之为"中

坊巷格局 ── 另一只眼看三坊七巷

堂",在中堂上一般挂画,增添厅的雅趣。画的下边,摆放着供桌,摆放着花瓶,"瓶"、"平"谐音,含有平平安安的意思;其实花瓶除了寓意美好之外,也有实用性——主人外出归来,可把帽子放在瓶子上。厅堂左右配上对联,对联的内容一般是勤俭持家之类,如冰心故居的中堂挂着松鹤图,上联是"立修齐志",下联是"存忠孝心",这楹联,也可以说是主人治家的宣示。

　　厅堂传递给我们的信息太多了。有时主人还没开口说话,客人便能从厅堂的各个细节里知晓这户人家的情况,为主客之间的交流做了铺垫。比如,你举目望屋顶上的梁,通过那梁安在柱子的里外,就可以知道这户人家的事业在哪儿发展——放在柱子里边的,事业在国内发展;放在柱子外边的,事业在海外发展。还有,梁上挂着灯笼,福州话中"灯"与"丁"谐音,"丁"在福州话中意思是男孩,梁上有几盏灯笼便无声地告诉你这户人家有多少个男孩。还有,从厅堂装饰的程度可以看出这户人家的家境是否殷实,从墙上的联与画可以看出这户人家的修养。这几个信息,可以说是一户人家的核心信息。你想想,倘若少了这灯笼的提示,万一这户人家人丁并不旺,你却开口说人丁兴旺,不是让主人家处于难堪的境地吗?

　　中堂中间是用插屏门隔起的,左右两边都有通道。这通道,可以从一

进进入另一进或是后院。其实,这中堂的插屏门是可以拆卸的,办"大事"时,从进门时的那道屏风到每一个中堂,都可以打开,厅堂成了一条路,直通坊巷。

在三坊七巷,透过中堂这面墙的颜色,就大体可以知道建筑的年代了。明代的墙的颜色一般为黑色,因为皇帝姓"朱",为避讳,所以不采用朱色;而到了清代,一般都采用红色,因为红色喜气。但不管是黑色还是红色,都镶嵌上金色,据说按"五行说",金与这两种颜色搭配,能够防火。

为了能够远眺,也为了能够充分吸纳阳光,主人特地把面前这堵防火墙建成"凹"字的形状。你说,对主人的匠心能不感佩吗?还有,你再看看那进门的石阶,从大门进来,一般是两个石阶,而登上大厅的石阶,一般是三个石阶,暗含"步步升"之意。厅堂前的这根石条,被称为"通财石",它的长度,一般来说,要与柱头间距一致,我们将它称为"长同间广",而且中间不能断裂,一旦发现断裂,就需要马上更换,以免财源"外流"。据说,这条通财石在铺设上也十分讲究,它不是用灰料来找平,而是用铜钱找平,使这块通财石铺得更平更实。

当阳光从这面墙的方向照射进来,阳光斜斜洒在厅堂中,大半个厅堂一片金色。此刻的厅堂让人很享受。

厅堂

坊巷格局 —— 另一只眼看三坊七巷

后 花 园

亭台都占空中地,风月教低四面墙。
　　——陈衍
竹里静消无事福,花间补读未完书。
　　——陈季良

专门挑一个夕阳斜照的傍晚,走进小黄楼的后花园,继而又到叶氏民居、万氏名居和王麒故居,细细品味院落里的园林景致。

之所以在"花园"二字前加一个"后"字,是告诉人们这个花园不是建在进门处。最近读了林箐《品福州古典私家园林》,文中将园林分为两种类型。一类是伴宅式园林,即在起居院落的左右两侧,另辟一至二进的花厅院落,与起居院落有着山墙相隔,且前后均有两个拱门洞相连。另一类是庭院式园林,占地面积比伴宅式园林大,整个园林在院落中处于中轴线位置,而宅院则依附于园林周边。

不论是伴宅式园林,还是庭院式园林,园林的基本要素却是基本一致的:小桥、流水、楼阁、假山……走过许多山,看过许多水,体会过山的秀色、水的灵气,私家揽山水于庭院中,平添庭院的秀气、灵气、雅气。

花园虽小,却是庭院的另一片天地。每个庭院中的大厅,主要是对外应酬的场所,花园则不同,主人可以邀至亲好友,在这儿品茶深聊,可以抛掉种种琐事,在这里静静地休养生息,感受天伦之乐。能在三坊七巷造屋建院的,应当都是当时代的官宦人家或是成功人士。他们饱读经书,又多曾游历山水,见多识广、饱读诗书,往往有喜山乐水的性格特征。于是乎,在建屋建院时将山水搬进了庭院,让庭院充盈山的阳刚、水的柔美。

坊巷格局

我想，若论宅院中刚柔相济的结合，园林是最好的一处了。

佩服先人，能在不大的空间中营造出如此精致美妙的园林。《品福州古典私家园林》一文，对坊巷院落里的园林特点作了如一些描述：其规模比较小、散落分布，它与建筑的关系大部分以建筑为中心构图，山水石池依墙角作为点缀，大布局上说，布局紧凑、边界规整、地势较为平坦，布置体量较小的半亭、水榭，在造林手法上以引景、借景、障景为主。

园林中多用曲折的小径将山、水、亭串联起来。站在长不到两米的青石小桥上，望着不大的池子，水里红色的、花色的、白肚黑底的金鱼，游得欢畅。我体会到了物我两忘的境界，我体会到了鱼之乐也，但不知道鱼儿知道人乐否。在小黄楼的后花园的石桥护栏上刻着"鱼知乐处"，导游告诉我，这四个字可以有两种读法：从左向右，读"鱼知乐处"，说的是鱼；而从右向左读，则是"处乐知鱼"，说的是人。穿过石桥，便钻进假山下的山洞里，我感佩前人"惜地如金"，利用假山下的空间建造洞穴，既节省了土地，又营造出山野之趣。

假山多用海礁石堆砌而成。石头被海水冲击腐蚀之后，表面斑驳，用

后花园

它建造假山另有一种风味。弯着腰走在曲曲折折的山道上，曲径通幽。出了山洞，拾阶而上，便到了半边亭。顾名思义，半边亭也就是亭山的一半。亭子镶嵌在墙角上。热烈的红三角梅簇拥着亭子，弯弯的翘角柔和地伸向蓝天。亭子里，两只灯笼悬挂亭中的梁上，一片喜气。立于亭子，俯视亭下的假山、小桥、流水，尽览湖光山色。仰望可见苍穹，虽然不能极目，但也可在这里仰望明月。这里是院落中接天连地最大的一处地方。

"亭台半占空中地，风月教低四面墙。"庭院中有园林，庭院就舒缓开来。后花园，是一个生发诗意的地方。我不知道，在关于三坊七巷的诗歌中，有多少是在这后花园中吟诵出来的。

书 屋

- 书屋虽小,却怀揣着读书人的梦想;书屋虽小,却涵养着院落的书卷之气。

毫不夸张地说,三坊七巷中的每座院落,都飘着浓浓的书香之气。每一次造访三坊七巷的院落,总想看看院落中的书房。

又一次去了三坊七巷,走进了林觉民故居和冰心故居。建筑物大门左右两边各悬挂着"林觉民故居"和"冰心故居"的牌匾,激起人们的好奇心。一座院落,走出了两位对中国近现代史产生影响的人物,在历史上不多见。其实,这个院落先是林觉民的居所,因为林觉民参加黄花岗起义失败而不幸遇难,家人为避清政府的迫害而将房屋出售,购房者恰是冰心的爷爷谢銮恩。冰心在《我的故乡》里对院落有过这样的描述:"具有很典型的福州民宅特点,除中轴建筑外,左右两旁还有许多自成院落的房屋,每个院落都有水井;北院之西还横亘着一列生西朝东的双层楼房,楼房之西为花园。"穿过厅堂有一个斋名叫"紫萼"的书屋,是冰心小时候曾经读书的小屋,现在被辟为陈列室,放着《与妻书》。林觉民虽不以作家著称,却留下了20世纪影响中国的十大美文之一的《与妻书》。《与妻书》一文由缓而疾,字字都透着爱,既有民族的大爱,又充满对家庭、对妻子的小爱。冰心是一位女性,我们却以先生称之,可见其在人们心目中的地位。冰心以文学建树而著称,《寄小读者》影响了多少小读者,陶冶了多少人的心灵。在她的作品中,有对故乡的景、故乡的人的描写,字里行

间，透着对故乡的情、故乡的爱。

从"紫萼"出来，穿过通道，"紫藤书屋"四个字便映入眼帘。牌匾黑底绿字，苍劲有力又不失柔和，阳刚中见柔美，一株紫藤爬在马鞍墙角，绿叶繁茂，把墙檐都给遮掩了。我想，冰心的爷爷大概是望见了这紫藤，才有了"紫萼"与"紫藤书屋"的想法吧！这左门的边厢房，是冰心祖辈藏书的地方。环顾四周，更觉得屋主人选址的精心。书房处在院子的一个角落上，连接外部的南面和北面的是两扇子门，这两扇子门一关，"紫萼"与"紫藤书屋"与屋前的小天井，就成了读书人的独立小天地了，便能"两耳不闻窗外事"，享受读书之乐、读书之趣。而两扇子门一开，又与外界有了十分紧密的联系，可以知晓外界的风云。当静则静、当动则动——只静不动，则无生气，而只动不静，则无静气。

与书房最相配的当属悬挂于柱子上的楹联了。据说，这些楹联都是冰心爷爷所撰。有几副我印象颇深，如"知足知不足，有为弗有为"，"知足常乐、能忍自安"，"学如上水行舟，不进则退。心似平原走马，易放难收"。来到书屋参观的游客，大多都会在楹联前驻足，或默读或低吟。"学如上水"这副联特别受关注，它用隶书写就，有些字对今人来说相对陌生，便有人在联前揣摩，有的人干脆拿出手机拍照，待回去后慢慢辨析体会。我已经多次走进这个书屋,每次都细心体会这几副楹联。选什么联,可以看出主人的喜好与秉性,从几副联中,我体会到了主人对名利的淡薄,感受到了他们身上所具有的文人气质。

跨过门槛,便进了书屋。如今,这地方已经辟为冰心的展示馆,概略地叙述冰心一家与这屋子的关系。其实,冰心真正居住在这里的时间只有短短几个月,而后便随父亲远到烟山,过着漂泊的生活。但是,就是这短短几个月,给她留下了深刻的印象,在她的文学作品中,曾经描写过这个书屋。

坊巷间,还有一处书屋给我的印象颇深。它的名字叫"二梅书屋",是清代凤池书院山长林星章旧居,山长者,书院主持也。《岳麓书院》一书对山长作了这样的描述:"山长是每个书院的文化象征和精神支柱,正是

他们对文化传承近乎宗教式的虔诚,使得原本辟为山林草莽间的书院成了一方文化的热土。"山长林星章先生书斋名为"二梅书屋",迄今已有数百年历史,清代道光、同治年间曾大修过,是福州著名的古书屋之一。山长宅中的书屋,那可视为书院中的书院,大凡到三坊七巷参观游览者,都会造访二梅书屋,专门去看看书屋门前的"两株梅",立于梅前,留下倩影,欣赏悬挂于屋檐下的"二梅书屋"四字匾额。这书屋的名取得好,既取之于门前之景色,又体现了文人之风骨。

二梅书屋在东侧墙外,有一间藏书屋、一间书房。寒冬时,梅花含蕾不见绿,看到梅花即将绽放,心就想着,这春也就快到了。环顾书房,书房不算大,空间相对独立,营造出闹中取静的氛围。往屋里探望,书屋布置得十分雅致,只是可惜,游人只能在门外观赏,不能进入其中,坐在书桌前细细体察先人读书的氛围。

看过紫藤书屋,再看二梅书屋,不难发现,书屋在整个院落中所占面积不算大,而且多处于角落。作为读书人的精神居所,书屋虽小,却怀揣着读书人的梦想、涵养着院落的书卷之气。

卧 室

  三坊七巷民居里的卧室体现了中国传统民居的布局特点。在二梅书屋、林觉民故居、严复故居，我特别留意这些宅院里的卧室，从中感受到了民风、家风。

  如今的居所，多讲究动静分开，在一个单元房里，分出动区与静区，让求静者与喜动者两者互不干扰。坊巷宅院里的卧室布局中，大多分列在中轴线的两边。这条中轴线从大门开始，进入天井，拾阶而上而至大厅。天井的两边是厢房，习惯称之为东厢房、西厢房，大厅两边是主卧，这也只是宅院内卧室位置的一般布局，林觉民故居中，林觉民的卧室就在后厅旁，在二梅书屋中，从前厅通往后院的走道旁，也有一间小卧室。

  大厅、小卧室，是宅院民居的共同特点。随便走进一处宅院，观察卧室的面积和构造，会发现，与厅比较，卧室的面积都相对较小，哪怕就是主卧，面积也不大。房间的内部陈设也相对简单：一张大床，一张梳妆台，屋中间一张圆桌，还有床角边上有个幔布围起的空间——这是我们现在所说的卫生间。卧室是两个人的世界，是休息场所。休息之外的许多功能都不在卧室中体现，如会客有大厅，聊天有后花厅，避暑有雪洞，读书有专门的书房……只是有些卧室还有一个特别之处，就是在不高的挑高里建有一个阁楼，给人感觉卧室有些拥挤，问其缘故，导游告诉我，这阁楼

坊巷格局 —— 另一只眼看三坊七巷

有两个功能：其一，平时可以放置一些物品。因为南方潮湿，许多东西放在低处容易发霉，放在高处，可以防止物品发霉长毛。其二，南方多雨，端午前后进入汛期，洪水易袭宅院，人们可以躲进阁楼，阁楼便成了"第二卧室"，屋里的主人可以移居其上，虽然不舒适，但毕竟也是应急之所啊！

　　再仔细地观察卧室内的陈设，你会感到卧室的温馨。卧室的灯光是柔和的。床应当是卧室的主体，主人花心思把床打造得极具特色。福州潮湿，加上卧室不如现在那样密闭，因此常有蚊虫袭扰，一年四季必须挂蚊帐，为了方便挂蚊帐每张床都有床架。无论是床架还是床，多是精雕细琢的艺术品。它们一般用如花梨、紫檀等名贵木材打造而成，雕刻着龙凤、百合等象征吉祥如意、早生贵子的图案。刷过大漆的梳妆台虽然经过岁月的侵蚀，却依然油光可鉴。福州的雕刻工艺、大漆工艺，是闽都文化的组成部分，无论是雕刻，还是大漆，都只是一种工艺，但这种工艺承载着人们的思想观念。就说这个大漆，刚刚漆起来并不觉得它的油光，甚至还有些晦涩，不如化学漆那样油光，可是，随着人们一次次地擦拭，一次次地将温度传导予它，这大漆，也渐渐地开了，仿佛它也是通人性的，你对它有多呵护，它就给你多大的光亮。这光亮，就是大漆给呵护者的回报。我小心地抚摸着梳妆台面，大漆的温润沁入心扉，我感到了它的纯厚。这大

坊巷格局

另一只眼看三坊七巷

漆，不就如爱情一样，需要呵护吗？你越精心呵护，爱情之花就越绚烂，爱情之光就越生辉。

还是这张床，你看，挂在床架檐下的帐幔，多是手工绣的，那一针一线绣出的花鸟、梅竹，都有丰富的寓意；还有那床被子，也是按照三角叠放的，不是如今的四角。福州人喜"三"这个数字，因为在福州话中"三"与"升"谐音，也与"生"谐音，所以，在福州人看来，"三"是个吉祥数字。

在每间卧室里，都有两个或者更多个箱子。这是娘家人的陪嫁物，女孩出嫁时，娘家人都要精心置办陪嫁品。我想，睹物思人，这卧室内的女主人每每见到这箱子，一定会思念生她养她的父母，一定会思念她的兄弟姐妹，一定会眷念他的童真童趣吧。

宅院里的卧室，紧凑、精致，牵手亲情、友情、爱情，体现了民俗民风，体现了思想观念。

清郑板桥先生有"室雅何须大，花香不在多"联，由此想到卧室"室雅何须大，情深屋温馨"。

诗者的圣地

法祥古寺委尘灰,胜迹销沉几百春。玉尺山留一片石,落花何处觅诗人。
——清·王廷俊

三坊七巷内,有一座山,名叫玉尺山,有人称之为"闽山",又有人称之为"光禄吟台"。

对于在山区长大的我,与这"山"照面之后,心里就犯了嘀咕,以为将它称为山,觉得有些名不副实。它只是平地隆起的几块高地,高不过二三十米。想想,也难怪,福州有"三山显,三山隐,三山看不见"之说,玉尺山本身就属于"看不见"的一座山,它隐匿在城市中,让你有身在山中不知山的感觉。玉尺山的由来,据说是因其上有巨石盈丈,方平如尺。玉尺山还享有"闽山"之誉。闽是福建之别称,八闽大地有众多山脉,名山无数,有多少山比它高、比它峻,却让一座"看不见的山"享了如此殊荣?近读清代叶敬昌《闽山记》,其中记载:"唐天宝八年,敕改乌石山为闽山,闽山之名缘此,始有巨篆'闽山'二字,径尺许,不知为谁氏之笔。"如此说来,此闽山并非单指玉尺山,而应是乌山之余脉。除了以上两个名称外,我以为"光禄吟台"最符合此"山"之特征。台,高处也;吟,吟诵也;光禄,官名也。在三坊七巷,这里是文人聚集、吟诗唱词的佳处也,一个可以畅叙幽情的地方。

从南后街的南门进入,行不到百米,街的左面就是光禄吟台。沿着街面,一个有机玻璃罩着一块古墙,它无语,却又分明是在告诉人们它历史

之久远。从这里往里走,先是一片面积不算大的广场,广场上有一口井,井沿上刻着"隐泉"二字,还有石槽等。穿过广场,拾级而上有一亭,此亭取名"追思亭",据说此名源于郭柏苍《追昔亭》诗:"读遍名山石上文,吟台清兴更凌云。万株手植无人忆,我独瓣香忆使君。"站在亭内,俯视四周,小桥、流水遮掩在绿丛之中,似乎有马致远笔下描写的"小桥流水人家"那样的意境。这南后街,可谓是福州的闹市,在这之中,却可寻到这样的静处。静静地坐在追昔亭里,望着漾月池,脑中想起王羲之《兰亭序》中所描写的:"此地有崇山峻岭,茂林修竹,又有清流激湍,映带左右,引以为流觞曲水,列坐其次。"

　　光禄吟台范围不大,却有多处的摩崖石刻。有文记"光禄吟台保留宋代至民国时期摩崖题刻12段"。其中光禄吟台、闽山,都以篆刻勒石,有如印章,钤盖青石,端庄大方,这与我在其他地方见到的摩崖有些不同。我揣其原因,这也许与福州是寿山石的故乡、以雕刻印盖见长有关。

　　其实,光禄吟台,妙在"吟"。这山上曾建有一座法祥寺院,"光禄吟台"四个字,就是光禄卿程师孟从福州知州任上受命移知广州,行前题写的。程公公余时常至寺中游览,喜登池畔岩石上吟诗,寺僧曾请题"光禄吟台"榜书时,程公赋诗:"永日清阴喜独来,野僧题石作吟台,无诗

可比颜光禄,每忆登临却自问。"我理解,光禄吟台,说的就是程公常登高吟诗的地方。后来,法祥寺被废,成为民居,学者叶敬昌把光禄吟台改称为"玉尺山房"。叶敬昌邀请林则徐做客,放鹤游玩,后人于光禄吟台西署"鹤磴"二字,并题诗:"吟台四鹤舞蹁跹,引吭这里齐鸣立几前。似欲长叨廉吏俸,不思比翼上青天。"史料记载,清末时,沈葆桢的外孙李宗言、李宗祎志趣相投,热衷藏书与赋诗,召集高朋密友成立一个书社,每月必有四五次在玉尺山房的辛夷楼聚集,专赋七律,津津有味地互为唱和。这些人中,有吟出"谁知五柳孤松客,却住三坊七巷间"这样佳句的陈衍,还有翻译出《巴黎茶花女轶事》的林纾。

光禄吟台,被这浓浓的文化气息所充盈。山不在高,有仙则名。我已经不在乎这山的名是玉尺山,是"闽山",还是光禄吟台。它不高,却有仙——这仙就是文化。岁月积淀于此的文化,让这虽不高的"山"变得厚重,值得人仰视。

如今,光禄吟台成了三坊七巷的一处园林。闲暇时,我总乐意到那走

走,伫立于追昔亭,抚摩崖石刻,感慨万千,浮想联翩。我会自问,三坊七巷何以赢得"一座三坊七巷,半部中国近现代史"的地位?文化啊!可以这样说,文化塑造了三坊七巷的历史地位。文化有脉,因为有脉,可以传承、可以光大。文化又充满创新,是创新让文化在传承中多了时代的气息,添了生机与活力。

到光禄吟台既可发思古之幽情,耳际仿佛萦绕古人吟诵之余音,也可以见到那里举行的许多与文化、与诗歌有关的活动。这座城市,有一帮诗人,怀揣着打造"诗歌榕城"的梦想,做着与诗有关的实实在在的工作,有如举办诗歌朗诵会、诗歌快闪活动,出版"海峡桂冠诗人"丛书。朗诵的已不是古体诗,而是充满激情的现代诗,我依稀感到,尽管时光在流逝,但吟台依旧、文化传承依旧,并影响着后人。我想,这就是文化的魅力、诗歌的魅力。一个能产生诗意的地方,一定是个浪漫多情的地方。

我又不由地想起了兰亭,那是书法爱好者的圣地,不知这光禄吟台,能否成为诗者的圣地。

坊巷格局

——另一只眼看三坊七巷——

享受动静之美

坊巷格局

青运会之前,有机会乘坐直升机俯瞰福州城:绵延的闽江,壮阔的奥体中心、幢幢高楼、屏山脚下延伸向江的福州中轴线……尽收眼底。飞抵老城区,乌山脚下一片布局整齐有序的黑瓦抢眼地进入眼帘,它们与周边现代建筑形成反差,透着古朴、沉稳,给人以安静、和谐的享受,我知道,眼下的这片黑瓦正是三坊七巷。

闲暇时,总喜欢到三坊七巷走走,不为别的,就为享受这片坊巷带给人的动静之美,我也时时在探究坊巷何以给人这动静之美中得到享受。

曾经登临既可俯瞰乌山,又可俯视坊巷的高处,收入眼底的坊巷静静地依在山脚下。眼前每个院落屋顶,一个斜面接着一个斜面,错落有致,有如波浪轻涌,富有动感。一眼望去,这片建筑透着一种和谐之美,每座院落高度大抵相当,这里的"大户"以占地面积大小而不以院落的高低体现,如有的院落"一院通两巷",前门开在此巷,后门却开在彼巷。走在这样的院落,就会更加理解"深宅大院"的含义,"深宅"体现占地之大小也;"高宅",房子虽高,然占地却小矣。纵观幸存至今的古民居,多以大而让后人叹服。

一条笔直的街从山脚下的不远处延伸,将坊巷分在街的两旁,这街就是南后街,有联说道"正阳门外琉璃厂,衣锦坊前南后街",足以见南后

街的知名度之高。曾经从北面进入南后街,举目可望坊巷依着乌山,享看天空的辽阔。记得有一次夏日黄昏,我走在南后街,望见鱼鳞片似的天空,云蒸霞蔚,色彩斑斓。这种景象只有在视野辽阔的地方才能享受到,那一刻我越发感觉苍穹笼罩下坊巷的安静。如今,坊虽无门,无须早开晚关,但我的脑海中仿佛还萦绕早晚开关门间的那种"呀呀"之声、萦绕着夜间从坊巷中传来的悠长更声。

　　南后街是三坊七巷的中轴线。我走在南后街上,感受街的热闹。这里商贾云集,既提供柴米油盐酱醋茶等生活必需品,满足人们的物质生活需要,也开设书市、诗社,满足人们的精神生活之需要。逢年过节,这条街上,举办各种活动,尤其是元宵佳节,南后街成了花灯的世界。我翻了《三坊七巷志》中的"文苑"篇,其间有不少咏南后街灯市的诗句,如"火树银花耀眼明,后风月乐难胜。游人如沸春如海,但看元宵初八灯",

坊巷格局

"银花火树灿回环,车马喧腾彻夜间",足见元宵前后南后街的盛况。平时,这条街成了居民消遣时光、文人墨客畅叙幽情、青年男女表达感情的佳处。我走在南后街,会想起描绘宋朝繁华街市的名画《清明上河图》。这便是南后街的动态之美。

街以动为美,动在熙攘、动在热闹、动在红火;坊巷却宁静为美,静在安居、静在安宁、静出了祥和。三坊七巷,以南后街为界线,东是七巷,西是三坊。这巷、这坊都是东西走向,所有的坊口、巷口都是朝着南后街开着,即使是坊中的巷,那也只是坊中的"支流",连接着"坊"的主道。也就是说,你从头到尾走一遍南后街,三座坊七条巷就会一一呈现在你的面前。这种的建筑格局,千多年来一直延续,没有变更。这有序的布局,表现出了动静结合的思想。从南后街随便拐进一条巷、一座坊,青石铺就的长长的坊或巷,白色的墙面上镶嵌着朱门,门檐下悬挂着两个红红的灯笼。在这条街上,少了些喧闹,只有时而急促、时而缓慢的脚步,还有孩子上学归来的嬉闹声。这种宁静让人心情得以放松。

三坊七巷的建筑格局,体现着中国建筑上的动与静结合的设计理念。走进三坊七巷的任何一座院落,也可以体会到这院落的动静之美。每座院落,大致是以天井、厅堂为中轴,厢房在两边,厅堂在前,花园在院落的后边或是侧面。在我的印象中,厅堂每个院落都有,然花园则只是那些大户人家才有。这种的建筑格局,厅堂为动,那是会客或是家人聚会议事的地方;后花园为动,那是大户人家休闲的地方,在这里邀友品茗、观戏论书、赏花观景。而书房、厢房则处在相对的隐秘处,相对于厅与花园来说,书房、卧室的面积较小,小宜于静,免于打扰,便于读书休息。有如诗道:"居士藏身处,边轩结构清。终年长闭户,佳节始邀吟。"

"最忆市桥灯火静,巷南巷北读书声"。街市有动时也有静时,院落有静时也有动时,无论是静、是动,都表现了坊巷的生气。

坊巷动静之美不止于布局上,也体现在具体细节上。在三坊七巷,向天长昂的翘角可以说是随处可见,它伸向蓝天,让人感受到它向上的活力。最近,读了蒋勋先生的《美的沉思》,其中论述"水平"与"波磔"中说道:汉代,在建筑、器物、书法上的出现的水平与波磔,不仅仅是一种艺术上的偶然,而且是有着日积月累的情感背景的。建筑的反宇、起翘,几乎是和隶书一起发展出来的,在那稳定的水平两端加以微微的上

坊巷格局

扬,不仅是出于"上反宇以盖戴,激日景而纳光"这样实用的目的,更包容了汉民族独特的审美意愿。从蒋先生的这段话中,我找到了中国建筑多用翘角的答案。其实,在三坊七巷中,不只是翘角这一例,我走在坊巷之间、走在院落之中,常常凝望用于分割院落与院落的白墙灰边的马鞍墙,那道边,弧线柔曼,富有意境,宛若书法中的一笔。这道马鞍墙,本是用于防火之用,可是设计者用了柔美的线条化之,形成了一种静之美。

梁思成先生在《拙匠随笔》一书中谈到什么是好建筑:适用、坚固、美观三者俱备,才够得上一座好建筑。三坊七巷可谓是三者俱备的好建筑。三坊七巷建筑之美,美在它的格局美。看到这个格局,我既感到先贤的智慧——在一千多年前就形成了坊巷格局的雏形、更感到经过多少的风云变幻,坊巷的这一格局一直得到传承和光大——这种延续,体现出了长期形成并共同遵循的规则,即以文化人。如今多少建筑,从单体看,可谓幢幢都是精品,但是从整体看,却失去了美感。三坊七巷建筑美,还美在它具有中和美。中和美是中国古典美学体系中较为原始的一个审美范畴,"中也者,无过不及是也;和也者,无乖无戾是也"。这种朴素的辩证唯物主义哲学思想,揭示出对立统一的基本规律,三坊七巷建筑中的动与静是统一的、黑与白是和谐的,在建筑中表达了中国国画艺术和书法艺术的意境追求，使得中国文化精神状态和建筑艺术技法状态达到统一。难怪有人说，三坊七巷建筑，给人以水墨画的享受。

  三坊七巷是一处民居。中国人历来重视安居。"安居"中的"安"为何意？我的理解是，安不仅仅是安全，而且要安静、安宁、安详。作为街市的南后街是热闹的；作为居所的坊与巷，则是静的。正是这种动静的格局，让人享受到动静之美。

坊巷拾零

坊巷格局

三坊七巷是明清建筑的博物馆,行走其间,细细地看、认真地品,会感受到明清两代建筑之间的差别。

曾经去过水榭戏台,其实,戏台只是宅院的后花园,只因这个戏台有其独特的建筑构造,获得了"非物质文化遗产"的称号,名声渐大,人们渐渐地用"水榭戏台"称谓整个宅院,以至于连这院子的主人也忘记了。

从水榭戏台大门进入,先看到这座院落的大厅。这个大厅没有太多的装饰,也没有雕饰,就连大厅里的桌椅,也是以线条见长。导游说,这个大厅是明代建筑风格的体现。从这厅经过长廊往水榭戏台走去,导游介绍了宅院"明三暗五"的建筑规制。明时,朝廷对住房的开间是有规定的,五品以上官员才可以住五开间,五品以下的官员和百姓住三开间及以下。这家宅院的主人是个茶商,也算是一位富人,一方面受到规制的束缚,不敢明目张胆地逾越规矩,另一面又想享受那种待遇,找到居住"五开间"的惬意,于是,想出了"关门三开间,开门五开间"的招数——在两边厢房中间建起了两扇大门,把门关起,是三开间,把门打开,是五开间。听了导游的介绍,在钦佩商人聪明的同时,心想"上有政策、下有对策"古已有之,不为今天所独有。

走在不长的廊道上,我注意到,每根柱子都是四方的,问其故,导游

说，南方潮湿，多蛇出没，柱子制作成方形，不利于蛇的缠绕。柱子不上漆，却在岁月中被抚摸至温润油光。导游接着说，明代的柱子显著的特点就是不上漆，经过岁月的侵蚀渐渐呈现出褐色，显现出它的内涵。

穿过廊道，就见到了水榭戏台。它的建筑风格与大厅截然不同。如果按菜肴来分析，明清建筑如同"素菜"，给人一种素雅的感觉，而这后花园的清式建筑如同"荤菜"，给人一种雍容华贵的感觉。抬头仰视，莲花垂柱美观大方，梁架上描龙绘凤，槅门窗户做工讲究、雕刻精巧。三坊七巷虽是明清建筑的博物馆，在我看来，两者相较，清代建筑的规模胜过明代建筑，也就是说这里是以清代建筑风格为主体。我揣摩其原因，一则也许与年代的顺序有关，有些明代建筑在其后的翻修中，逐步被清代的建筑风格所融合；二则与居住于此的主人有关，这些宅院的主人，大多曾在清朝廷为官，在修建宅院时，或多或少地将宫廷建筑风格融入于宅院的建设之中，让人可以依稀看到宫廷建筑的元素。这一点，我查看了《三坊七巷志》中的"名人故居"一节，无论是黄楼，是甘国宝故居、叶观国故居，或是郑鹏程故居、刘家大院，书中介绍其宅院建筑时，一一介绍了宅院的装饰。宅院的装饰大致有悬钟垂柱、翘角飞檐、青瓦红柱、雕梁画栋，如黄楼东侧的一座半边凉亭，其垂柱上刻着松鼠、燕雀、蜻蜓、谷穗、玉米

等,各尽其致;郑鹏程故居插屏额上"福禄寿喜"、"松鹤延年"、"鲤鱼龙门"、"富贵长春"四组木雕,两边厢房门额上的花槛、花格、挂落等精美雕刻;刘家大院厅堂用南瓜悬钟,悬钟前兽嘴衔封板,刻夔龙回纹。水榭戏台那马鞍墙上高高的燕尾脊深深藏于记忆,有一次,坐在水榭戏台听着闽曲,偶然间仰望天空,忽见燕尾脊伸向苍穹——这燕尾脊以蓝色为主色调,白色描边,与蔚蓝色的天空是那样的和谐。还记得梁思成先生曾经指出,"建筑有三个因素:适用、坚固、美观","在满足了这两个前提之后,人们还要求房屋的样子美观"。梁思成先生还指出:"结构上的柱头、柱脚、门窗的框子、梁和柱的交接点,或是建筑物两部分的交接线或分界线,都是结构上的骨节眼,也可以用些强调一下。"三坊七巷宅院建筑饰物,也正如梁先生所总结的那样,"结构和装饰的统一是中国建筑的一个优良传统"。同时,我还以为,这些建筑装饰不仅仅是个为美而美的装饰品,同时也是人文的——行走在每一个宅院之中,欣赏着每一个建筑饰物,仿佛是与这户人家进行交流,因为每一个饰物都有寓意,都体现了宅院主人的兴趣、爱好,或许可以说是这宅院人家美好愿望的表达。

其实,这些都不是三坊七巷宅院的装饰的全部。走进二梅书屋,站在客厅,导游一定会让我们回头观望墙檐下的那幅似长卷的画,导游除了简

坊巷格局

另一只眼看三坊七巷

单地告诉我们这幅长卷反映"衣锦还乡"的内容外,更是滔滔不绝地讲述了制作这幅画的颜料,她说,这些颜料,全是矿物质研磨而成,这些色彩,经风雨而不褪色。导游还说,"文革""破四旧"时,人们为了保护它,将泥土糊在画上,直到改革开放,人们才小心翼翼地清除泥层,露出真容。静静观望,色彩艳丽。这让我想起了西藏的"唐卡"——西藏的艺术瑰宝,唐卡也是采用矿物质颜料绘制,经得起风雨、抗得住寒暑。我还想到了福州的漆画,它用天然的大漆创作,刚开始画面有些晦涩,随时间推移而色彩渐次苏醒、展开,焕发出新的魅力。

高高的马鞍墙,是三坊七巷的建筑特色之一。黑色勾勒的柔和线条之下,是大片看似白色的墙体,你仔细观察,会发现其实它并不如我们平时常见的那样纯白,而是灰白。细细了解,才知道这石灰不是通常用岩石烧制的石灰,而是用大海里来的贝壳烧制,烧制后和入细沙。工人告诉我,就是涂抹也有讲究:"按'横刷竖直'的方法,头遍刷横,二遍竖盖,走刷直顺,用力均匀,干后才会整体一色。"我靠近墙体,轻轻地抚摸着墙体,柔润细滑,透着一股清凉。我知道,清凉是夏季所独有,冬天来时,你会感到它的温暖。

福州靠着海,让坊巷的建筑也散发着海味。我不知道,你望着这高大

的马鞍墙,会不会否想到大海。就连这马鞍墙的线条,都带着轻轻涌动波涛的轻曼。你会感觉到,这宅院如波涛一般轻轻地吟唱着。

三坊七巷文化特质

走进三坊七巷,导游谈起三坊七巷的文化神采飞扬,神情中洋溢着自豪感。行走其间,确有一种被文化浸润的感觉,它如影随形。从三坊七巷回来之后,琢磨:什么是三坊七巷文化?那些可以用脚丈量的一条条坊巷、用手触摸的一座座院、用心感悟的一件件器物,肯定承载着三坊七巷文化,但肯定又不是三坊七巷的全部,也不是三坊七巷的内核所在。还有,同在福州这块土地上,还孕育了闽都文化、上下杭文化、陈靖姑文化等,这些文化之间有什么联系和又有什么差异?

我从两个层面来理解三坊七巷文化的含义:

其一,它是一种文化,符合文化的属性。什么是文化?迄今为止仍没有获得一个公认的、令人满意的定义。上网查了一下,是这样说的:笼统地说,文化是一种社会现象,是人们长期创造形成的产物,同时又是一种历史现象,是社会历史的积淀物。确切地说,文化是凝结在物质之中又游离于物质之外的,能够被传承的国家或民族的历史、地理、风土人情、传统习俗、生活方式、文学艺术、行为规范、思维方式、价值观念等,是人类之间进行交流的普遍认可的一种能够传承的意识形态。陈耀南先生在《中国文化对话录》一文中谈道:文化是"人类为了提升个人与社群的生活品质,在精神、物质各方面努力,表现为宗教、哲学、道德、法律、政

坊巷格局

另一只眼看三坊七巷

治、经济、风俗、礼仪、科技、艺术,其成绩的总和"。文化的功用在于以文化人,是可以内化于心,外化于形。

其二,它是一种地域文化。生活环境决定了文化特色,三坊七巷文化根植于坊巷。这种文化,是中国文化百花丛中的一片绿叶,中国文化是它的根、它的脉,同时,它又是闽都文化的重要组成部分,闽都文化因三坊七巷文化而厚重、而生辉。三坊七巷文化在孕育过程中不断汲取中国文化、闽都文化甚至于海外文化以丰富自己的文化。如果说上下杭文化体现出商文化的特质,陈靖姑文化体现出民俗文化的特质,三坊七巷文化作为一种地域文化,它的文化物质是什么,又是如何形成的?

居民特点是形成三坊七巷文化特质的原因之一。按照今天的话说,三坊七巷是一个的社区,甚至可以说在那个年代属于官宦人家居住的社区和富人居住社区。我注意到这样一种现象。三坊七巷在晋代形成雏形之后,许多人是在事业有成之后在此购置房产,其中又以受过良好教育的官宦人家居多,走进萨家故居、林则徐故居、林觉民故居(谢冰心故居)、陈衍故居、甘国宝故居、严复故居……我发现,这些人家大多是迁徙而来。文化人的聚集,为三坊七巷文化植入了儒学之根基,官宦人家使得三坊七巷文化中具有了官宦文化的特点,表现出家国情怀,心系国家,为国效力。

坊巷格局

林则徐在《致夫人书》中写道:"夫余生逢盛世,明知禁烟妨碍英夷大利,必有困难,而毅然决然,不敢稍存畏葸之心者,盖以身许国,但求福国利民,与民除害,自身死且尚付诸度外,毁誉更不计及也。"林纾在《示儿书》中说:"汝能心心爱国,心心爱民,即属行孝于我。"严复在《与甥女何纫兰书信》中说:"虽千辛万苦,总须于社会着实有益,可与后人来取法。"这些家训,无不浸透着三坊七巷人的家国情怀。

三坊七巷的教育是决定三坊七巷文化特质的原因之二。只有教育昌盛,只有充满书卷气,才能说是崇儒尚学之地。若问古时福州哪里最具书卷气,三坊七巷也。三坊七巷是古代福州文化教育的发祥地之一。宋初,福州出现"海滨四先生",其中三人都出自"三坊七巷"。一是书院兴起。自宋庆历间在官贤坊创设侯官县学以来,之后陆续有抽斋书院、道南书院、竹田书院、正音书院、道山书院和正谊书院。谈到三坊七巷的书院文化,不能不提到鳌峰书院,书院以弘扬程朱理学为宗旨,以教、学、研、编为经,以出当世名士为纬,定期从全省择优录取秀才,聘各方名士讲学,很受朝廷器重。它虽不在坊巷之内,但是紧邻坊巷,让坊巷享有地利,林则徐等当时"第一流人物"都是鳌峰书院培养而出。二是社学纷起,在右三坊办博文、宝文社学,在闽山庙巷办文林社学。三是私塾林

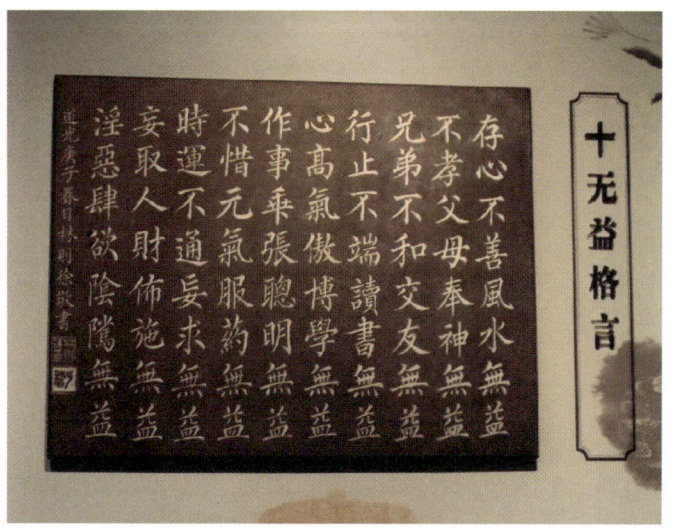

坊巷格局

立。黄巷闻雨山房、萨家绅设书塾、安民巷回春药局吴氏家塾、文儒坊黄氏试馆、衣锦坊林氏家塾,还有光禄坊刘氏家塾。在漫长的历史岁月中,三坊七巷诗社活动尤甚,如光碌吟社、宛在堂诗社、福州托社和福州支社以及福州说诗社和寿香诗社。这里还走出梁章钜这样的楹联鼻祖。岁月积淀出三坊七巷深厚的儒学文化,它体现出了儒家文化中倡导的尚德的人文精神。陈耀南先生在《中国文化对谈录》一文这样说道:"儒学,也可以解释为文化人的学派。"三坊七巷文人云集,书香浓郁,科举考试成为坊巷人走向朝廷的途径之一,科举考试以儒学为基础,也酿造了以儒学文化为特色的三坊七巷文化。腹有诗书气自华,三坊七巷崇儒尚学,也涵养了坊巷人的正气,涵养了他们忧国忧民的情怀。

中国历史的重要变革是催生三坊七巷文化特质的原因之三。一座三坊七巷,半部中国近现代史。1840年,中国爆发鸦片战争,帝国主义的坚枪利炮打开了中国的海疆,从而使我国从封建社会进入了半殖民半封建社会。在近百年的历史风云中,这里产生了众多对中国历史产生重大影响的人物。这些历史人物既受到三坊七巷文化浸润,同时又在传承中发扬光大了三坊七巷文化的内涵。三坊七巷文化总是与中国的历史风云同拍共振,割舍不开，如洋务运动、戊戌运动、黄花岗起义、辛亥革命等重大历史事件中，都有三坊七巷人的参与。林则徐的为官思想、为政理念、为民情怀应当是三坊七巷文化的重要组成部分。林则徐的"苟利国家生死以，岂因祸福避趋之"，林旭在刑场上发出的"君子死、正义尽"，以及林觉民的《与妻书》，还有林长民率先把"二十一条"透露予报界等，都表现出一种对民族、对国家的担当精神。时代造英雄，时代也造就了三坊七巷的文化。我有时这样假设，如果将三坊七巷中1840年至1919这段历史抽去，那三坊七巷文化又会是怎样的历史？我以为，有了这段历史，让三坊七巷文化的"谋天下之永福"的担当精神得以充分的展示。

开眼看世界是形成三坊七巷文化特质的原因之四。首先，三坊七巷的特殊地理位置为它的开放提供了可能，这里可以通过内河，通江达海，让它可以兼具山的灵气、海的博大。其次，由于科举等等原因，坊巷人外出为官，他们兼收并蓄，采各地之精华为我所用，如坊巷建筑就体现了徽派建筑的特色。尤其是鸦片战争之后，林则徐以夷制夷，组织翻译外文刊物，成为开眼看世界第一人。之后，清政府在马尾创办航政公署，三坊七巷文化与航政文化有了千丝万缕的关系和融合，马尾船政博物馆中介绍的

坊巷格局

四个海军世家,有三个居住于三坊七巷。陈衍翻译《茶花女》,严复翻译《天演论》,一大批三坊七巷人走出坊巷,走向全国,走向世界,促使了三坊七巷文化与其他文化的交融,特别是与西方文化的交融,在交融中使得三坊七巷文化成为开放包容的文化特质。在这块土地上,道教、佛教、天主教、基督教以及各种民间宗教共同存在,开展活动,也体现出三坊七巷文化的开放包容。《论语·宪问》说"士而怀居,不足以为士矣"意思是说,一个读书人如果留恋于家室乡里的安逸,便不配做读书人了。从这个角度来理解坊巷的读书人,我以为他们是真的读书人。他们不为私己求享乐,而以天下为己任。

三坊七巷文化物质孕育于这块土地,这种物质又是有机统一、相互联系、相互作用的。文化人的集聚,对儒学的尊崇,涵养了他们的道德修养;通过科举,使得这里的人走上了仕途,强化了他们的家国情怀和担当精神;福州的特殊地理位置和马尾船政的兴办,让三坊七巷文化成为一种开放包容的文化。

瑞士心理学家荣格说:"一切文化都沉淀为人格。不是歌德创造了浮士德,而是浮士德创造了歌德。"余秋雨也曾说过:"由于文化是一种精神价值、生活方式和集体人格，因此在任何一个经济社会里它都是具有归结性的意义。"从这个意义上去看三坊七巷文化，这种文化所具有的"崇儒尚学、家国情怀、敢于担当、开放包容"的文化特质，已经逐渐影响着福州人的性格，林公的"海纳百川、有容乃大"已逐渐成为这座城市的精神。

书法大观园

三坊七巷,是一座书法艺术的宝库。无论走坊巷,还是穿院落,都像徜徉在书法大观园中。浓郁的书法艺术陶冶着人,浓浓的书法气氛充盈坊巷的土地上。三坊七巷的书法艺术,是三坊七巷文化的重要组成部分,也是三坊七巷亮丽的景观之一。

坊巷的中轴南后街,仿木制的一间挨着一间的店铺,经营着具有浓郁地方特色的传统工艺和传统小吃。我在《楹联》一文中谈到楹联和匾额是坊巷建筑中的一个元素,而附着于这一元素的是文字。少了文字,那悬挂的只是两块孤零零的木块,称不上匾或联。每一间店铺的招牌,少有用电脑选出字体或是印刷体制作的,大都是选用了上好的木料,请书家书写的。悬挂于南后街的商铺之上的店招,是榜书的集大成,论字体,行、隶居多。这些镌刻于木头的擘窠大字,入木三分,或道劲、或厚实,让人在鉴赏之中,感受精美的木头与古朴的宣纸血脉相通产生出的那种韵味。其实,榜书不只见于南后街的店招,走进宅院,悬挂于房梁的匾额琳琅满目——有皇帝御书,有书家所书……

光禄吟台风景一处,亭台石径、小桥流水……别有一番韵味,此乃旧时坊巷文人雅集之所,吟诗唱和的佳处。书法这门艺术,总是与文人聚集之所相伴、与灵山秀水为伍,武夷山如是,鼓山如是,乌山、于山如是,

这光禄吟台也是如此。光禄吟台面积不大,却是坊巷中摩崖石刻最集中的地方:追昔亭下石径旁的巨石用篆书刻着"光禄吟台"、依桥畔的巨岩上有篆书"闽山"二字,还有与"光禄吟台"勒在一起的隶书。欣赏者在了解书者丰富思想的同时,也可体会到碑的沉着与端稳。读了这些摩崖石刻,会引发昔日啸咏唱和的遐想,眼前仿佛浮现诗人乘吟唱之兴挥毫泼墨之场景。在三坊七巷的文儒坊,我还见到一块乡约碑。这块立于光绪辛巳,嵌于坊墙之中,高2.2米、宽0.8米的石碑是文儒坊公约,碑文是"坊墙之内,不得私行开门并奉祀神佛、搭盖遮蔽、寄顿物件,以防疏虞;三社官街,禁排列木料等物。光绪辛巳年文儒坊公约"。公约上镌刻着的每一个文字既含有隶书的韵味,也带含颜意。

楹联鼻祖梁章钜乃三坊七巷人,三坊七巷自然对楹联情有独钟。随便拐进一个坊巷、走进一个宅院，都可见悬挂于庭柱的楹联，它在给人以艺术享受的同时，也给人以思想启迪。宅院走多了，我渐渐发现，在大厅插屏门两旁的柱子挂得最多的是"立修齐志、存忠孝心"字句，字体严谨，厚重端庄。人说，字如其人，内容与形式的完美结合，体现了坊巷人严谨的治家理念。紫藤书屋前"知足常乐、能忍自安"联，草书写就，率性自然；"学如上学行舟不进则退，心如平原走马易放难收"，隶书写成，庄重沉稳；还有林则徐纪念馆中悬挂着的"为政若作真书绵密无间，爱民如保赤子体会如微"，真书写成，规矩整齐。站在此联前，端详许久，字缜密，为政也须缜密；字入微，为民也须入微，真书写此联，相得益彰。还有"学天下好人，养胸中正气"，读了，会感到宅院中充满着一股向善向上的力量。

宅院中展示的那些看似信手写成的手札，读来，往往有一种短信长卷、意态挥洒的感觉。曾经到过林觉民故居，透过玻璃柜子读到按原比例大小仿制的《与妻书》。字由大渐小，由正渐草，显然情感流露表达越来越急，读之可以感受到情深、感受到愤懑、感受到担当。《与妻书》我多次读过，只是以往都在印刷体中读它，两相相较，读手札更能体会到作者当时写作的心境。这不由让我想起颜真卿的《祭侄季明文》，那种援笔作文之际,萦纡忿激、悲愤交加、血泪交进,情不能自禁,其意固不在文字之间,而顿挫纵横,一泻千里,终为千古绝调。我非常感谢那个从门缝底下塞进这封信的人,非常感谢林家在危难的时候将这封信保存,才让我等后人能够欣赏到此书法佳作。在三坊七巷,还有一处欣赏手札的好去处,那便是南后街旁的田黄馆,该馆专门收集严复书法。在那里可以静静地鉴赏严复的书法艺术,感受他那行云流水般书法,体会书法间所表现出的"笔锋秀丽,挥洒有度","落笔精练,含精抱骨,笔势往来迎送,起收从容,结体宽绰,骨格清纤,仪态端庄平正"的书法风格。

坊巷无处不书法。走进林则徐纪念馆,有多幅林公的书法作品。楹联"静坐读书各得半日、清风明月不用一钱"端庄沉稳,"十无益"透着柳骨韵味,给家人的书信用笔流畅率意。通过他的书法作品,人们感受到他的人格魅力和为官品质的同时,也为他的书法艺术所感染。《林则徐翰墨》一书是这样评价林公的书法的:"林公的书法更是个性毕显、光彩夺目,可谓自成一家",他的书法"既有恂恂儒雅的学者之风,又有劲健俊迈的伟人之气",让后人在欣赏先生书法魅力的同时,更加敬重先生的道德文章和为官品质。

三坊七巷的管理者十分重视这种资源的运用,成立了三坊七巷美术

馆，专门收集和陈列三坊七巷名人先贤的书法美术作品，编辑出版了《林则徐翰墨》《严复翰墨》，他们还计划将三坊七巷中的楹联汇集起来，出版一本楹联集，让人们既能够欣赏到、感受到丰富的书法艺术，又能够从一幅幅楹联中得到启迪。

在三坊七巷欣赏书法，可以欣赏到碑的风味，也可以欣赏到贴的韵味；可以欣赏到榜书的大气，也可以欣赏到楹联的精致，还可以欣赏到手札的率性随意；可以欣赏到皇帝的御书，也可以欣赏到古时名家的作品；可以欣赏到古时名人的书作，还可以欣赏到今人的书作。在这里，真、草、行、隶、篆、魏诸体皆可见，可以说三坊七巷是中国书法的集大成处，是中国书法的大观园。

书离不开印，一幅作品书就，款落毕，小心翼翼地钤上名章，选出合适的闲章钤在合适位置，一幅作品顿时生辉。在三巷七巷书法大观园中，篆刻是大观园中一枝奇葩。在光禄吟台旁，有一座青砖楼建，此乃周哲文篆刻馆。馆内，一二层的玻璃柜中陈列着周哲文的印章作品，共有三百多方。四周墙上悬挂着众多的书画作品，计有六十多幅，其中有诸如吴作人、李可染、沙孟海等大家的作品。福州是寿山石的故乡，篆刻有得天独厚的优势。三坊七巷显然带有篆刻的基因。

人靠衣装马靠鞍。一幅书作经过装裱便焕然一新，艺术展示效果更加完美。三坊七巷书法氛围浓厚，自然就产生出了裱褙店。这些店铺多集中于南后街，较早的有米家船、青莲阁，随后有松林斋、声文堂等；还有宫巷、安民巷的虚静堂、三禾堂、二宜堂。至今，走在南后街上，米家船、青莲阁的招牌依旧高悬，许多书家作品写就后，专门拿到南后街装裱。"米家船"这一店招，出自诗句"米家字画满江滩"，林则徐有联："一进寒花陶令宅，半船宝墨米家船。"

坊巷趣闻多，少不了有关书法的内容。其中在我的记忆中比较深刻的便是"一笑来"的故事，说的是沈葆桢在为母治丧在籍终制，将沈家大院花厅的门打开，开了一家"一笑来"裱褙肆，替人写对联、团扇子、折扇，收些小钱度日。虽是趣闻，却心生了对沈公的景仰，心想着，倘若沈公把这"一笑来"一直经营下去，可能今天坊巷多了一间可与"米家船"比肩的裱褙肆，然中国近代造船、航运、海军建设事业的历史上却少了一位奠基人，清朝廷也少了一位重要大臣，少了一位政治家、军事家、外交家、民族英雄。

书法是中国的国粹。三坊七巷文化因为有书法文化更多姿多彩。我琢磨着,倘若能够建立一个网上的"三坊七巷书法大观园",或是成立一个"三坊七巷书法院",这既是弘扬三坊七巷文化的需要,也是繁荣三坊七巷文化旅游的需要。

轻轻再叩问

坊巷格局

三坊七巷有两大看点。一是它的建筑,也就是它的物,它享有"中国城市里坊制度活化石"和"中国明清建筑博物馆"的称誉。二是它的人文,也就是它的人,有"一座三坊七巷,半部中国近现代史"一说。在两个历史转折时期,都有三坊七巷人发挥着积极的作用。林则徐禁烟后爆发的鸦片战争,使中国从封建社会转向了半殖民地半封建社会,进入了近代社会。林长民将"二十一条"内容透露于报界,学生群情激愤,使原本定在五月七日举行的学生游行示威活动提前至五月四日,"五四运动"成为

另一只眼看三坊七巷

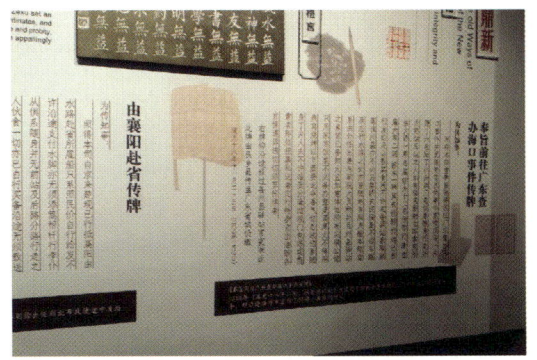

首批留英学生：
上中：罗丰禄；左上至下：蒋超英、叶祖珪、萨镇冰、林颖启、何心川、江懋祉；右上至下：黄建勋、林永升、林委曾、刘步蟾、方伯谦、严宗光（严复）

中国进入现代社会的标志。在方圆六百亩左右的土地上，产生了一百多位对中国近现代史有影响的人物。每每听到导游的这番解说，在泛起心中的自豪感的同时，琢磨着导游的这番话，思考着两个问题：一是从断代上看，在福州两千多年的历史长河中，为何独在这一阶段如此集中涌现出众多的历史名人；二是与其他地域相比，为何在三坊七巷而不是在中国的其他地方产生如此多影响中国近现代历史的人物。人物的产生是需要土壤和条件的，把两个问题归结为一个问题，就是三坊七巷具备了哪些人才辈出的条件。有一点可以肯定，建筑与人文没有直接的因果关系，也就是里坊制度与"活化石"的地位并不是人才辈出的直接原因。我查阅了《三坊七巷志》，其中第七章《人物》，在"传略"一节中所列人物二百九十多人，近现代就占一百八十多，从他们出生算起，时间跨度不足两百年，而从晋到1840年，时间跨度千年，入传的九十九人。我带着对这一问题的好奇，去轻轻再叩问。

三坊七巷是一个崇学尚儒之地，属官宦居住之地，在千余年的发展进程中，形成了族群融合的社区氛围，孕育了"开风气之先，谋天下永福"之精神，这是人才成长的重要基础，为人才的脱颖而出创造了条件。1840年中国社会的变革，清政府重视海疆建设的战略选择，船政的兴起和航政

坊巷格局

文化的孕育和发展，为生于斯、长于斯的三坊七巷人提供了广阔的施展才华的舞台，也让三坊七巷人在这一舞台上展示了自己的担当精神和家国情怀。是开放、开眼孕育出三坊七巷人才！在中国历史变革的重大事件中，都有从三坊七巷走出去的人的参与，洋务运动、戊戌运动、黄花岗起义、五四运动等等，不一一细点。同时，这批从三坊七巷走出去的人对中国近现代史的影响是多方面的，他们在政治、军事、教育、哲学、文学、建筑等多领域影响着中国社会，以致人们谈论到这些领域，就要提及这些人才。让三坊七巷人才辈出的原因，我以为有三个方面：

一、清朝政府战略选择的变化，让从三坊七巷走出去的清廷官员站到了潮头。自隋唐以来的科举制度选拔大批人才，学而优则仕。据作家林那北的《三坊七巷》一书中"三坊七巷名人简表"记载，三坊七巷的名人可以追溯至宋代。1840年鸦片战争之前，已经有一批三坊七巷人通过科举考试而步入官场，如林则徐通过科举考试，从秀才、举人后进士而进入官场；沈葆桢1847年中进士后选庶吉士，授编修，升监察御史；帝师陈宝琛二十一岁中进士，授翰林院庶吉士；甘国宝，雍正十一年（1733年）中武进士，会试第三名，殿试二甲八名……由此可以看出，三坊七巷的一批人才借助科举制度的选拔脱颖而出。然仅以读书中举步入官场作为人才衡量的标准是不够的,关键在于,从三坊七巷走出的这批人在中国社会变革之时,在清政府从重视陆疆向海疆转变中,能够勇于担当、立于潮头、主张变革、推动革新,以海纳百川的胸襟和"苟利国家生死以,岂因祸福避趋之"的担当,推动着清政府的社会变革,业绩彪炳史册,对历史产生影响。林则徐除了"虎门销烟"而为世人所铭记,他还主张"师夷长技",领导编译《四洲志》,被称为"开眼看世界第一人"……林则徐纪念馆的墙上展示着林则徐作为"第一人"的丰功伟绩,见到这个我更为他的思想解放和人格魅力所折服。沈葆桢,被誉为"中国海军之父","同治中兴"时洋务运动的重臣之一,先后曾任总理船政大臣及南洋通商大臣,对台湾近代史也有重要影响,应当说,沈葆桢是中国航政教育、航政工业和中国海军的奠基人,他提倡的"航政根本,在于学堂"和"旨在十几年后,人才蒸蒸,无求于西人",造就了大批人才。陈宝琛早年入翰林,直言敢谏,同张之洞、张佩纶、宝廷被誉称为"枢廷四谏官"。他重视教育,自任鳌峰书院山长,创办福建优级师范学堂,即今天的福建师范大学的前身,不一而足。这一时期从三坊七巷走出去在朝廷任职的重臣能够对时代产生影响,一方面是朝廷的需要,需要一批忠诚而又知海懂海的人,去实现从陆疆向海疆战略的转变;另一方面,这些重臣都具有共同的特点,那就是面对国家的危难,敢于挺身而出、敢于担当,思想解放,有忧患意识,有推动社会变革、推动中国强盛、抵御外敌的坚定信心。

二、船政公署的设立和船政教育的兴起,为三坊七巷的人才培养提供了先机。要了解三坊七巷何以产生如此之多对中国近现代有影响的人物,了解马尾船政的历史,1940年前后,帝国主义的坚船利炮打开了中国的海疆,大肆掠夺中国的财富,向中国输送鸦片。中国的财政出现赤字,民众的生活因鸦片每况愈下。鸦片战争之后,人们痛定思痛,出现了"师夷长技以制夷"的思想,催生了洋务运动。洋务运动以引进和学习西方先进的科学技术,创办和发展军用、民用工业企业,建设新式海军,培养新型人才为主要内容。马尾船政的创办,是洋务运动的产物,也是清朝政府图强求变的一项重要举措。船政办在马尾,为福州的人才培养提供了先机。开办之初,左宗棠就提出设立艺局"为造就人才之地"。船政学堂既办厂,又办学;既造船,整理水师,又抓紧育人。分析三坊七巷对近现代史产生影响的一百多位人物,其中相当一部分与马尾船政有关。如严复、罗丰禄、刘冠雄、叶祖珪、蓝建枢、萨镇冰、林葆怿、陈篆、高鲁等都从马尾船政学堂毕业,有的虽然不在马尾船政学习,但也受到船政教育,如陈季良、谢葆璋、曾以鼎等。其中有的又被选送到海外留学,如严复、萨镇冰、刘冠雄、陈篆、蓝建枢、林葆怿等。这批人中的大部分成为我国现代海军的重要力量，在清政府与外敌的海战中，多人担任管带等一级官员，有的战死海疆，为国捐躯，有的成长为海军最高领导者，如林葆怿、萨镇冰、刘冠雄、蓝建枢等都任过海军总长或司令，成为海军的翘楚。有的在海外留学后，又在其他领域影响着中国社会。如严复接受西方思想，翻译了《天演论》等一批西方著作，并创办京师大学堂等，成为伟大的思想家、教育家和翻译家。陈篆在法国留学后，获巴黎法律大学法学学位，高鲁到比利时布鲁尔大学攻读工科，后任北京中央观象台台长，又任国立中央研究院天文研究所所长，主持紫金山天文台的测量工作，为中国现代天文学奠基人之一。罗丰禄，转战于外交领域，成为驻外大使。总之，三坊七巷中，集聚和成长着一批经过船政教育培养起来的人才。

　　三、家庭的熏陶和新思想的启蒙，催生了一批具有开阔视野的先行人物。在一百多位对中国近现代史产生影响的人物中，如林觉民、林长民、郭化若、林徽因、庐隐、王冷斋、陈岱孙、陈体诚、刘攻芸等，这些人既不为官，也不是从船政教育中脱颖而出。他们之中，有的怀抱救助国于危难，参加社会变革而留芳于世，如林觉民、林长民；有的参加革命，在党的历史上留下了印迹，如郭化若；有的因见证重大历史事件而闻名，如王冷斋；有的因学术和文学造诣而影响后人，如谢婉莹、庐隐、林徽因都有才女之称——前两位以文学而著名，后者在建筑学领域有不俗造诣。陈岱孙以经济学领域的成就而被称为经济学泰斗。纵观这些人的成长，一是家庭的熏陶。他们的父辈，大多都是清政府中的开明人士，思想比较解放，有强烈的变革意识，父辈的变革思想影响着他们。二是走出去，负笈求学。他们多是幼时在三坊七巷成长，长大后就跟随父辈走出去，开阔视野；甚至到国外学习，接受西方的思想和知识。走出去、经风雨、见世面、历磨难，催生着人才成长。

当然，在三坊七巷中，也成长着一批本土人才，如曾明、沈绍安等。他们多以技艺而闻名。如曾明有"全闽第一绣手"之誉，其绣品于1915年获巴拿马万国博览会金奖。沈绍安，福州脱漆器的创始者，作品多次获得国际奖项。这些人才有一个共同的特点是对福州本土艺术的热爱，能够在技艺上创新，甘于寂寞。

中国近现代史上三坊七巷人才辈出，是一种历史现象。以史为鉴，相信对这一历史现象的分析研究，对福州的自贸区建设、福州新区建设和海上丝绸之路枢纽城市建设都大有裨益。

三坊七巷的雨

我喜欢三坊七巷的霏霏细雨。细雨中的三坊七巷更有韵味。

细雨时,撑一把油纸伞,走进三坊七巷的南后街。此时的南后街少了往日的熙攘,多了少见的宁静。三坊七巷地处城市中心,造访的次数自然不算少。夏日的夜,头顶上的星星闪烁时去过,明月高悬的中秋佳节带着孩子去过。节庆时节的三坊七巷,人挨着人,人挤着人,热闹是热闹了,但总觉得这不是三坊七巷味。晌午时分,头顶着烈日走在三坊七巷,街上人是少了,但强烈的阳光照射,过于"阳刚",依旧觉得不是三坊七巷的韵。我以为,去三坊七巷,赏的不只是景,更应体会蕴藏其中的丰富的人文。倘若在"品味"与"领略"两个词中选择,我喜欢选择"品味"这个词,更喜欢用心而不是仅仅是用眼去品味这方圆六百亩的明清建筑群所能揭示出的闽都人文,我更喜欢用心去品味"一座三坊七巷,半部近现代史"的深刻含义,去探究那一百多位影响中国近现代史的名人的丰富内心世界。品味要有氛围,如同人们品茗一般,需要一种氛围。品味三坊七巷,应该挑选黄昏或是细雨时。黄昏时刻,落日斜斜地照在这坊巷中,阳光柔柔的,照在南后街的店铺上,照在坊巷间的壁墙上,明暗分明,斑驳有致,让人品味到这座建筑的沧桑;而细雨时品味三坊七巷,总觉得如品茶中的极品,让人更能体会到这座坊巷的韵致。细雨如诉,似乎在向人娓娓道来这里发生的故事;细雨绵长,三坊七巷在岁月中书写着自己的绵

坊巷格局

—— 另一只眼看三坊七巷

长——岁月绵延,渐渐地酿成了独特的闽都风俗。细雨忧伤,细雨中探访古建筑与领略自然风光,心情是不一样的。古建筑给人深思,当你走进林觉民故居,读着《与妻书》,林觉民如诉;当你走进水榭歌台,细雨和着清音,再看看细雨如丝般地落在台下的池中,轻轻地拍打着池中那几朵还在绽放的睡莲,荷瓣上盛着几粒晶莹的水珠意境清新,心境温和。

细雨中,从南后街随便拐进一条坊或是一条巷,脚下的青石板经过细雨湿润,比往常更加油光可鉴。它的油光,经过了多少双脚摩挲、多少岁月浸润打磨而成的。欣赏古董,总听行家说文物的包浆,后来了解,包浆也就是人们在把玩后让文物更加通灵。这经过岁月摩挲的青石板留下的油光,不也就是人与物的交流留下的包浆吗?

撑着那把油纸伞,走在寂静的巷子里,有个人撑着花伞从巷子的另一头走来,那伞红红的,伞越来越大,人也越来越清晰。那是一位清纯的姑娘,着花衣裙,她的出现让细雨中的小巷多了些许生气。我心里琢磨着,此时如果能听到巷子深处传来的用福州话吆喝的"鱼丸扁肉燕"的叫卖声,那能够带来多少回忆,唤来多少乡愁啊!一位曾住在这巷子里的朋友告诉我,夜深时,他最渴望听到的就是这吆喝声。这声音透过厚厚的院墙,穿过深深的宅厅,传到耳帘时,已经是非常微弱了。但是,再微弱的声音也能勾起他满满的食欲,他总会使出各种招数,让母亲拿着罐子到巷子里买点夜宵,他有时也会扯着母亲的衣角一起去。细雨朦胧中昏暗的灯下那个卖夜宵小贩的身影,冒着热气的摊子都是美丽的剪影;还听到了瓷调羹敲击瓷碗发出的声音,像是吆喝声的伴奏,也十分悦耳。他说,已是年近花甲了,年岁大了,可是多少次在梦中,他还听到这吆喝声,还梦想着母亲为他买回的圆圆鱼丸,那汤里飘着的绿的葱花。

三坊七巷的雨,很让人寻味,也很让人陶醉。

为政当学林则徐

闲暇时常造访林则徐纪念馆，徜徉其间，一帧帧图片、一件件实物……都让人心有所动、让人心生对林公的敬仰之情。我愈加感到，为政者，当学林则徐。

林则徐为官三十多年，历官十四省，统兵四十万。其为官生涯，正处国家从封建社会向半殖民地半封建社会转折的时期，也是清政府谋求变革的重要时期。林则徐抗敌寇、禁鸦片，虽遭革职戍伊犁，但依然心系民生，兴水利，修坎儿井。他为政一生，无论宠辱，始终尽职守责，以自己的业绩赢得了百姓的爱戴。梁衡先生在《人人皆可为国王》中这样写道："林则徐因主张禁烟被清政府贬到新疆伊犁，但就是这样一个'钦犯'，沿途官民却拜迎宾馆，泪洒长亭，赠衣赠食，争睹尊容。到住地后人们又去慰问，去求字，以至于待写的宣纸堆积如山，在人格的王国里林则徐被推举为王。"一个在人格上可以称之王的人，应当为当今的为政者所推崇、所学习。

为政当学林则徐，学什么？在林则徐纪念馆我读到了四副联句，反复回味琢磨，含义深远。它是林则徐一生从政的写照，也是当今从政者应当汲取与学习的。

其一，海纳百川，有容乃大；壁立千仞，无欲则刚。这副对联是林则徐任两广总督时,在总督府衙题书的堂联。它的意思是大海因为有宽广的度量才容纳了成百上千的河流;高山因为没有钩心斗角的凡世杂欲才如此的挺拔。对联体现了林则徐宽广的胸怀、开拓的眼界和解放的思想。清朝末年,清政府闭关锁国,列强对中国虎视眈眈,面对着列强的坚船利炮,林则徐逐渐意识到必须学习国外的先进科技,提出了与外邦友好往来,"师夷长技"的思想,组织翻译了《四洲志》《华事夷言》《澳门新闻报》和《各国律例》等。他引进和学习西方造船制炮技术,建立独立指挥的水军,开了中国近代维新的先河,被称为"开眼看世界的第一人"。在禁烟的同时,林则徐鼓励正当贸易,也保护外国商人在华的正当利益。在"禁"与"放"中,反映出了林则徐的开放包容的思想。在那个时代,他已经意识到,开放是国家发展的需要。

其二,苟利国家生以死,岂因祸福避趋之。这是 1842 年 8 月,林则徐被充军去伊犁途中作的《赴戍登程口占示家人》中的两句。读到这两句时,我的心受到了深深的触动,不因为别的,而是它写作的时间,正是林则徐受贬之时,也就是我们所说的不得志之时,但能写下如此有情怀的诗句,告诉我们一个为政者应当具有怎样的担当精神。林则徐是这样说的,也是这样做的。他身为钦差大臣赴广东禁烟,表明了"若鸦片一日不绝,本大臣一日不回,誓与此事相始终,断无终止之理"。顺境时,为国家,身处逆境时,还是为国家。黄河决口,皇帝令林则徐往新疆伊犁途中折回开封灾区"效力赎罪"。林则徐置荣辱于度外,起早贪黑,完成了堵口工程。1833年9月,江苏发生特大水灾。面对皇帝不准缓征赋税的御令以及官员不能以一个人的名义上书的规定,林则徐写下三千字的奏折,晓以利害,这就是有名的"单衔上书"事件,表现出为了人民可以置个人生死于度外的情怀。

其三,庙堂之上,以养正气为先;海宇之内,以养元气为本。这是林则徐送给友人的人生格言。林则徐认为"能使贤人君子无郁心之言,则正气培矣;能使群黎百姓无腹诽之语,则元气固矣",从中可以看出林则徐清廉的为官之道。它给人这样的启示:为政者,应当以养正气为先,以养元气为本。修身、齐家、治国、平天下,是古代仁人志士的人生理想。林则徐为官,始终注意修身齐家。他以读书作为修身之基础。"师友肯临容膝地,儿孙莫负等身书","静坐读书各得半日,清风明月不用一钱"。在林则徐纪念馆里,还读到林则徐少年时写下的对联"地小楼台无处起,案余灯火有天知",抒发了他的远大抱负。有抱负还要勤修身。我在纪念馆中还读到《十无益》便可看出端倪,全文是:"存心不善,风水无益;

不孝父母，奉神无益；兄弟不和，交友无益；行止不端，读书无益；心高气傲，博学无益；作事乖张，聪明无益；不惜元气，服药无益；时运不通，妄求无益；妄取人财，布施无益；淫恶肆欲，阴隲无益。"这是林则徐修身的标准。林则徐出任江宁河道总督时，抄录明代陈慕白的诗句"事能知足心常惬，人到无求品自高"作为座右铭。我以为，林则徐无求的是私利，追求的是国事。有抱负还须齐好家，他在给夫人的信中写道："做官不易，做大官更不易，我是奉命唯谨，毕恭毕敬。夫人务嘱二儿须千万谨慎，切勿仰仗乃父的势力，和官府互相往来，更不可干预地方事务。"林则徐追求"品自高"，为后人所景仰。曾国藩在写给二弟、四弟的家书中提到："闻林文忠三子分家，各得六千串，督抚二十年，家私如此，真不可及！吾辈当以为法。"

其四，白头到此同休戚，青史凭谁定是非。这是林则徐赠予邓廷桢的回京诗，表达了林则徐相信历史对禁烟自有公论。在纪念馆中，我们还可读到林则徐在发配新疆途中刻下的"宠辱皆忘"四个字。这是在林则徐身处逆境之时写的，读到这诗句，我没有感受到他的悲观，却感受到他的坦荡与淡泊。宠时，他尽忠守职；辱时，他毫不颓废。他的心里装着百姓，有利于百姓的事，他就去做。黄河决口，皇帝令他"效力赎罪"，他毫不

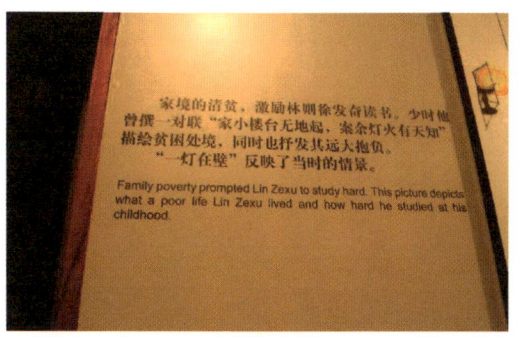

家境的清贫，激励林则徐发奋读书。少时他曾撰一对联"家小楼台无地起，案余灯火有天知"描绘贫困处境，同时也抒发其远大抱负。"一灯在壁"反映了当时的情景。

Family poverty prompted Lin Zexu to study hard. This picture depicts what a poor life Lin Zexu lived and how hard he studied at his childhood.

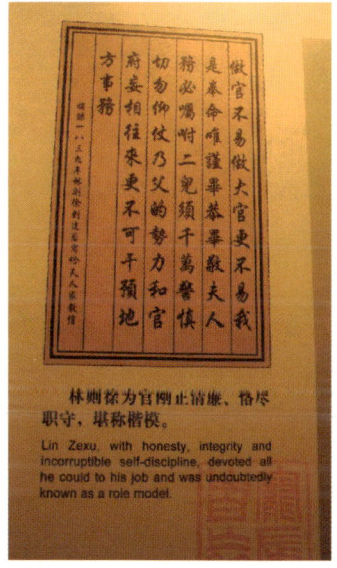

林则徐为官廉止清廉、恪尽职守，堪称楷模。

Lin Zexu, with honesty, integrity and incorruptible self-discipline, devoted all he could to his job and was undoubtedly known as a role model.

退避；流放新疆，他修建了"坎儿井"和"龙口水渠"，新疆百姓称之为"林公井"、"林公渠"，把林则徐推广的纺车称为"林公车"，把引进树苗长成的绿林称之为"林公林"。政声人去后，政声在民间。老百姓心中自有一杆秤，他们能够为"青史"定出是非。林则徐逝世后，朝廷发布圣旨，对林则徐一生为国爱民的功绩给予了充分肯定。历史和人民给了这位民族英雄一个公道。

诗言志。四副对联，表达了林则徐的从政心志，也是他的从政写照。这四副对联表现了林则徐海纳百川的宽广胸怀与开放包容的情怀，苟利国家而不避祸福的担当精神，以养正气为先、养元气为本的勤勉廉洁作风，和让历史说话、让人民说话的坦荡淡泊名利观。文

化养人、文化育人，林则徐人格的形成受到了闽都文化的熏陶与影响，受到了良好的家教以及书院教育，受到了"经世致用"思想的影响。这影响并形成了他一生刚正不阿、高风亮节的品格。闽都文化造就了林则徐的人格，林则徐又丰富了闽都文化，他的人格魅力是闽都文化的重要组成部分。作为在林则徐故乡从政的干部，应当以林则徐为官从政为楷模，从林则徐的高尚人格中汲取养分，提升自己的人格，把自己锻造成"信念坚定、为民服务、勤政务实、敢于担当、清正廉洁"的新时期好干部。

坊巷"大餐"

三坊七巷是福州的一张烫金名片。当即将写完坊巷系列文章之后,我的脑海中突然冒出这样一个问题:我们该如此享用三坊七巷这道文化大餐?

景观有自然景观与人文景观之分。自然景观是大自然的赋予,以怡人的山海川湖岛等绮丽风光吸引人,人文景观以丰厚的文化内涵让人流连。三坊七巷当属人文景观这一类,它不以自然风光夺人眼球,却因名人、名居、民俗等人文景观吸引人慕名而至。这几年间,我数十次地走进这座坊巷,每走进一次,都获得一种新的感觉、得到新的精神愉悦。

时下,提倡"深度游"。深度游,必须有适应深度游的旅游产品。深度游呼唤旅游资源的精细化。具体到三坊七巷,需要对这道"文化大餐"进行精细的"烹饪",做出各式的菜肴,适应不同游人的胃口。有人说,"众口难调"。之所以众口难调,在于菜肴花色品种不多,缺少选择的余地。高明的厨师就是要做到"众口能调",让游人在其中都能找满足自己需要的"菜肴",做到各得其所。我琢磨着,三坊七巷这道文化大餐,可以烹饪出哪几道"菜肴"?

一是名人游。一座三坊七巷,半部中国近现代史。三坊七巷之所以能够产生如此重大影响,在于这方圆不足六百亩的土地上走出了一百多位对

坊巷格局

另一只眼看三坊七巷

中国近现代史有重大影响的人物。可以这样说，没有这些历史人物，三坊七巷不会产生如此的影响力。也正因为其所具有的这种影响力，让许多人既怀揣景仰之心，又怀揣好奇之心走进坊巷、走进宅院，聆听一个个故事，去感悟一个个历史人物的人生和折射出的品格，试图去探究这片土地何以能在百年间产生如此众多的历史人物，解开藏于心中的迷。

二是里坊建筑游。三坊七巷是明清建筑的博物馆，是里坊制度的活化石，是古代城市基本单元和居住管理制度的复合体。游里坊，走在坊巷，可以了解到古时坊巷的管理制度，可以在坊门的闭合间，遥想晨钟暮鼓。建筑是活着的历史，这些建筑记录着时代的变迁，蕴含着地域文化的特色，充盈着不同的建筑智慧。这些建筑反映着那个时代的生活气息，见证着坊巷的开放包容。它所展示给人们的建筑风格，能够给今天的城市建设许多启迪。

三是民俗游。走坊穿巷，无处不感受到闽都的民俗，红红的灯笼、不倒的楣杆，都能够勾起我们的遐思。我有时想着，倘若拿出一至二个院子，开辟一个福州的民俗馆，再现闽都建城两千多年所积淀的丰厚民俗，让流连其中的朋友，可以让人寻到根，摸到脉。

四是书法楹联文化游。楹联是中国的国粹，三坊七巷因为楹联而增添了独特的文化，梁章钜被称为中国楹联鼻祖。在走坊穿巷间，通过观赏一对对楹联，既可以领会楹联艺术，又可以从楹联的内容中受到教育。可以把光禄吟台打造成中国诗歌的"圣地"，云集各地的诗歌爱好者，发扬中国的诗文化。一个充满诗情的城市，一定也是浪漫的、富有风情的城市。

……

当然，三坊七巷的旅游资源还可以进行更多科学的细化，我不谙此道，只是提出话题，以期在资源合理配置的基础上，烹饪出一道道符合人们"胃口"的佳肴。

烹饪出一道道"佳肴",需要一支素质高的导游队伍。腹有诗书气自华,导游不仅仅是"杂家",对坊巷有关的各方面知识都能知晓一二,而且要做到杂中有专,能够把某个方面的知识讲透,满足人们对某个方面知识了解的需要,保证人们享用这道"佳肴"的质量。

三坊七巷是历史留给我们的宝贵财富,能不能利用好这笔财富,考验着我们的能力和水平。

春游乌山

坊巷格局

我上班的地方依着一座山，这山的名字叫乌山。闲暇的时候，我会去登登山。站在乌山顶上眺望，可以望见三坊七巷中轴线上那条长长的南后街。春节刚过，听说乌山有个花会，利用午休的时间，我又去登了趟乌山。

从乌山路口，穿过山门拾级而上，桃花灿烂，深红的、淡红的……绽放的桃花让人嗅到了春的气息。在我的心里，始终视桃花为春的信号，上山下乡时，看到农家房前屋后，阡陌田野桃树吐蕾，就知道春来了，广袤的田野也快苏醒了。桃树花开时节，就可望见烟雨朦胧中，农民披着蓑衣，卷起裤腿，吆喝着耕牛，犁着田野。牛犁过处，田泥翻卷，也如乌黑的花瓣，与溪畔的桃花相映。它们与几声狗吠、几声鸡鸣、老牛的哞叫，构成一幅恬淡、闲适的田园牧歌图。乌山桃花盛开的时节，山路两旁花儿也缤纷，还有白色的李花、嫣红的梅花，还有开在三月的樱花，它们让乌石山添了妩媚。

乌石山并不大，又居于城中央，别称"三山"中的一山，享福州名片之美誉。虽是午时，但观花者依然络绎不绝，有母亲携着孩子、有情侣携手相伴、更有老年人结伴而行。花是景，观花人也是景，母亲让孩子立于花丛，稚嫩的脸庞天真的笑容与花映衬；情侣们牵手花前，四目相对，无

另一只眼看三坊七巷

春游乌山

须言语,就已经让人读到了彼此的爱,让人理解了桃花春色确是一个相思季;那些上了年纪的老人,也兴高采烈地赏着花,我想,他们在赏花中,更多的是对时光的追忆,恋着曾经的拥有;还有那些独自一人赏花的人,寻找着每一个美景,按动着照相机快门,在赏花的同时,把这美景定格于其中。望着络绎不绝的赏花人,想起了"去年今日此门中,人与桃花相映红;人面不知何处去,桃花依旧笑春风"的诗句。谁也不知,今日赏花人,昨日曾来否,但我总认为,花养人,花也养心。在每年的桃花季里,总会惦着、想着乌山的桃花,回味着赏花的那种享受,缤纷灿烂、细细长长……

乌石山虽不大,但依旧有山的味道。走在山道上,赏花之余,立于先薯亭中,可见巨大的岩石如刀削,状如峭壁,老榕参天,树枝旁斜,老藤绕树,榕须低垂,阳光下,须子泛着金光。尤其是长在岩石之上的老榕,根有如海中的章鱼,将硕大的岩石包裹起来,形成了根抱石。顽强的生命力冲击着你的心底,让你感到震撼。立于高处,回眸来处,小道弯弯曲曲,颇有曲径通幽的意境。这山,既有不经雕琢的粗犷,也有精心打磨后的细致。

赏了花,观了树,其实这还算不上领略乌石山的精华。乌石山有着自然美，乌石山更有人文美。走在小道上，可细细品味小道旁的岩石上的摩崖石刻："冰壶"二字稳重沉厚，占了一面石壁，"寿"字一笔呵成，灵动大气，给人生生不息之感。我查了有关乌石山的简介，山上有两百多处摩崖石刻，比较集中在道山亭旁，篆、隶、楷、行、草各臻其妙，其中有一面石壁镌刻着曾巩的《道山亭记》，这是北宋散文家曾巩受程师孟之请，于明州所作的一篇名作，在当时传诵甚广，道山亭亦因此文而传名千古，至今道山亭犹存美文笔墨下的风韵。文中写道"其地于闽为最平以广，四出之山皆远，而长江（闽江）其南，大海在其东，其城之内外皆涂，旁有沟，沟通潮汐，舟载者昼夜属于门庭"，"在江海之上，为登览之观，可比于道家所谓蓬莱、方丈、瀛洲之山，故名之曰'道山之亭'。"读罢，眼帘中仿佛看了近处的江海，看到蓝天下的风帆，看到了旧时闽都平广的土地和舟载者昼夜属于门庭的热闹，仿佛嗅到了千年前道家之风。

　　乌石山上，矗立着几座亭台，每一座亭台都有着一段故事，道山亭如是、先薯亭也如是。立于清冷台灵石峰的先薯亭，蓝色圆亭,飞檐翘角最早建于道光年间，福州人何则贤为纪念以明朝万历年间引种和推广番薯的华侨陈振龙和福建巡抚金学曾而建的。我当过知青，曾经开山劈草、种植成片的地瓜，在饥荒的年代，地瓜可是充饥的粮食。只是没曾想到，这地瓜,也是引进的物种。伫立先薯亭往东眺望,远处是大海,大海是福州走向海外的重要通道。因为这大海,成就了福州侨乡的称号。

已近上班时间,带着赏花观景的余兴下山,又见乌塔,它是与"三山"齐名的"双塔"中的一塔。道起福州、说起闽都,人们一定会谈起乌白双塔,乡愁有所依,细细长长……

坊巷咏者

当《梦境穿过时光》诗集呈现于读者时,心揣着不安,甚至有种"班门弄斧"的感觉。三坊七巷是崇儒尚学之地、诗人辈出之所。然而,我还是有些不知"天高地厚"地将我这些年写就的六十多首吟咏坊巷的诗作连同其他的四十余首诗结集。我对这片坊巷的情与爱,至深、至切,心中有一种久蓄的冲动,不吐不快。这些诗作是我对坊巷情感的凝结,表达我对这片土地的景仰。

孩提时,父母时常望着潺潺而流的闽江告诉我,江的下游有一座城叫福州,那里有一处名叫三坊七巷的地方,那是读书人聚集的地方。在那个年代,没有电视,更没有手机之类的通信工具,夜深人静时,聊天是一天劳作之后的享受。在昏暗的灯光下,父母给我们讲着关于三坊七巷的故事,讲那里的人、那里的事,从这些故事里,我知道了林则徐这个名字,知道了他是一个伟人,知道了三坊七巷这个地名。可以说,从那时起在我幼小的心灵里,就埋下了这样的一颗种子。

后来,到了省城工作。临近春节,孩子嚷着要灯笼,于是在一个假日,骑着车子奔向南后街,穿梭在熙熙攘攘的南后街,在一片花灯的海洋中与女儿一起买上一对心仪的花灯,回来后挂在阳台上,让屋子充满年味。后来,又多次去到三坊七巷,走进了已经修缮一新的林觉民和冰心故居，走进一条条坊、一条条巷，试图去感受坐落其间的一座座民居。然而，只是通过门口钉着的牌子知道院落曾是哪位名人的居所，只能透过紧闭大门窥探；想从这窥探中，穿过时光，吮吸着古民居的气息，回味父母讲述的故事。尽管那时还没有启动大规模的整修，但今天看来，福州人有幸，在历史的风风雨雨中，它得以保存，尤其是在大拆大建的年代里，多少古建筑荡然无存，然而，福州在闹市之中，至今还较为完整地保留着这片古建筑群。

"福州的古建筑是构成历史文化名城的要素之一。""保护好古建筑、保护好文物就是保存历史，保存城市的文脉，保存历史文化名城无形的优良传统。"2007年，福州市启动了大规模的修复工程，经过一段时间的努力，三坊七巷重现明清建筑风貌，一座座名人故居重新呈现于我们的面前。我们能够通过这些建筑去感悟蕴藏其间丰富的文化内涵。记得有一次我从三坊七巷回来后，撰了这样的一副联：

走坊串巷明清民居收眼底，

观灯听曲闽都人文契心怀。

这应该是我以三坊七巷为题材的第一副楹联。

对三坊七巷的认识，自孩提始，在岁月中渐渐地加深，情感也随之而

131

坊巷咏者

加深。然而，这时情感还处于蓄积过程，还未达到迸发的程度。

2011年始，有幸拥有了一段在福州市工作的经历。让我有更多机会去体会坊巷，有更多的机会参与坊巷保护的研究，有更多的机会听着导游的讲解，有更多机会在正月十五走进南后街看那里的花灯，有更多的机会在夜晚加班后，独自翻过乌山去感受南后街的夜市，有更多的机会在清晨骑上便民自行车，去聆听文儒坊口的小琴声……

行走坊巷之余，让我有了更多了解坊巷、探寻坊巷的冲动。这座坊巷，历来是文人抒情感怀的对象。我从《三坊七巷志》，从《三坊七巷——城市的守望》和《三坊七巷》中去了解这座坊巷，从网络众多介绍坊巷的文章中去了解这座坊巷。读也是走进坊巷的一种方式，它让我对坊巷的认识，从"碎片"到整体，从肤浅到深入。

许许多多的"更多"，是一个积累的过程，不断的积累也不断丰富了我的诗情。只要有个引子，一旦引发，就会一发而不可收。

坊巷的魅力升华了我心中的诗情。我想以百首诗来吟咏这片坊巷。

当这些诗歌结集奉给这座城市、这座坊巷的时候，我再次翻阅他们，诗意如何，留待读者评说。但我自以为，吟咏的情是真诚的。

我吟咏坊巷中的名人。"一座三坊七巷，半部中国近现代史"。一座方圆六百亩的坊巷，涌现出了一百多名对中国近现代史产生影响的人物。这种现象，如磁铁一般地吸引我，让我走进一条条坊巷、一座座庭院，去聆听他们的故事，领悟他们的品格。

我吟咏这座坊巷的建筑。正如《三坊七巷志》中写的："三坊七巷自晋代发韧，唐五代形成，两宋发展，明清鼎盛，以至于今。虽时代更迭，文明进步，条件不同；但'城里幽巷，深宅大院'总体格局并未改变，古坊巷、古建筑的风貌直至民国后期仍基本得以传续。"这座坊巷，享有"明清建筑博物馆""里坊制度的活化石"之美誉。"建筑是凝固的音乐"，你可以在走坊穿巷中感受建筑之美，在美感中抒发自己的情感，"建筑是活着的历史，也是可以触摸的时代记忆"。我触摸着这些历史记忆，在触摸中，吟出一首首关于坊巷的诗。

我要吟咏这座坊巷的文化。三坊七巷是闽都文脉的集中传承之处。一座建筑，展现出的是多种文化。我从坊巷中，体会到了建筑文化；我从坊巷中，体会到了民俗文化；我从坊巷中，体会到饮食文化……魅力无穷的三坊七巷文化，是闽都文化的重要组成部分，是这座城市的文化软实力。记得余秋雨先生这样说过："文化，是一种包含精神价值和生活方式的生活共同体。它通过积累和引导，创建集体人格。"三坊七巷文化，涵养了

坊巷格局

福州人的文化特质,沉淀出了"海纳百川、有容乃大"的城市精神。

三坊七巷,是一座诗的富矿,有着不竭的诗的源泉。三坊七巷如一根琴弦,撩拨着我的心尖,坊巷如歌,我乐做一个坊巷的歌者。在文章收笔的时候,心中总有言犹未尽的感觉,夜深人静,作了歌词《坊巷吟》:

一座坊巷,岁月浸润
孕育崇儒尚学之风气
催生灿烂三坊七巷文化

一座坊巷,西坊东巷
传承千年不变之格局
沉淀出里坊制度活化石

一座坊巷,白墙灰檐
造就闽都建筑之风格
享明清建筑博物馆美誉

一座坊巷,先贤辈出
涵养海纳百川之情怀
书写半部中国近现代史

啊！千年坊巷，文脉绵长

千年坊巷，开放包容

千年坊巷，民俗纯厚

啊！千年坊巷，故事串串

徜徉坊巷，流连忘返

我仅仅是在吟咏坊巷吗？其实不是，我在吟咏着这座城市的人脉、文脉，吟咏着这座城市的文明。

乡愁绵长，文明传续。

附录一

坊巷格局

走不完的坊巷，说不完的美

曾建梅

另一只眼看三坊七巷

三坊七巷离我工作的地方近在咫尺。说是三坊七巷，但大多数人往往只在主干道南后街上走个来回便完成了"到此一游"的目的，殊不知，那些如鱼骨一般横逸斜出的支巷因为少有人光顾，更具有一种清幽隽永的美。时常在天气晴好的时候流连于这些蜿蜒幽僻的小巷，看纤弱的草茎从青石板的缝隙钻出，看常青藤歪歪扭扭地爬满白墙，看谁家大门紧闭的院子里探出的挺拔俊秀的木棉……

但这些直觉的审美体验看过就看过了，从来没有想着要留下些什么，只是近日在《文化生活报》上陆续读到署名雯晖、筱陈的一组颇有韵味的《坊巷笔记》才不由感叹，这世间难得有心人，不仅一遍一遍走过坊巷，还把他领略到的坊巷的美，用文字拾掇起来，一篇一篇连成一幅坊巷生活全景图，蔚为可观。

读这一组作品仿佛能看到作者如同一位殷勤满满的主人，带领着八方的来客参观自家花园。他饶有兴致地引领众人把三坊七巷的各个角落都走上一遍，要把这园子里每一棵树、每一座亭、每一方碑刻题字都郑重仔细地介绍给人家。水榭戏台的匠心独运、安泰河的两岸风情、紫藤花园的故人故事……作者如数家珍；天井、雪洞、厅堂，分门别类，一一道来。作者对于坊巷民居的解构赏析，若非深厚的学养与深沉的眷恋，断断写不出如此规模的系列文章。

此前有关于三坊七巷的文学作品已不少见。但更多的是着眼于三坊七巷中诞生的历史人物与家族命运。像这样单纯从园林建筑美学的角度去介绍坊巷的散文作品还较少见。

蒋勋在关于红楼梦的赏析中曾专门讲到中国古典园林的美学意义。其匠心独运之处，丝毫不比其他的艺术门类粗鲁笨拙。建筑之美几乎将中国传统文化的诗歌书法绘画艺术集于一身，统一体现和运用，且更具实用性。

《坊巷笔记》试图从"明清建筑博物馆"的角度，来深入细致地赏析三坊七巷园林建筑之美。《园林》《戏台》《书屋》《雪洞》《厅堂》《楹联》……作者如同一个治学严谨的研究者面对一件精雕细琢的艺术品，用放大镜将每一个局部细细打量、慢慢品味。诚如作者所说，三坊七巷是

坊巷格局

一个耐看的女子，百看不厌，越品越有意味。三坊七巷是属于福州福建乃至全国人民共有的珍宝。如同一杯甘醇的茉莉花茶，一人独享其香，当然不过瘾，总要邀同好一起品赏，方能展现她的魅力。

作者用行走记录的方式，用细腻、质朴、精确的语言娓娓道来，富有极强的现场感与画面感，读之如临其境。其篇章结构也跟坊巷的结构相呼应，从局部到整体，从花厅到花园，从天井到戏台，分门别类，不徐不急，一点点铺陈展示，当把这些局部拼接起来时，一座恢宏的坊巷古城便豁然呈现在世人面前，如同徐徐展开的清明上河图，足以震撼每一个热爱故土家园的赤子。

时光在走，作者的脚步还在坊巷中穿行，还有许多散落坊巷的美藏在不为人知的角落，等着他去发现去采撷。和其他艺术作品不同的是，坊巷是活的艺术，与居住其间的人、事一起成长变化，和光阴、时代一起更新蜕变，而你我，也可走进这伟大的作品当中，一起参与一起创作，一起守护我们共同的家园。

风过坊巷
——关于笔记的笔记

年微漾

"一座三坊七巷,半部中国近代史",时下,这句话已经成为三坊七巷的一句标签性介绍。由横贯南北的南后街串联起来的三坊和七巷,构成了一副巨大的鱼骨,让人想起了庄子在《逍遥游》中所写的那只名为"鲲"的大鱼,支配着福州这座历史文化古城在历史长河中自如遨游。事实上,三坊七巷的璀璨人文还可追溯至更早,它所见证的年代也绝不仅限于近代史。从晋代走来,"紫菱丹荔黄皮果,一路香风引酒楼",这是农耕文明时钟鸣鼎食的射影;"无诗可比颜光禄,每忆登临却自回",这是科举兴盛时文风蔚然的浓彩;"衣锦坊前南后街,坊里流金巷是银",这是多元文化下百艺齐放的象征;"百货随潮船入市,万家沽酒户垂帘",这又是内河沿岸商贾往来的写实。

文友雯晖与筱陈合署创作的三坊七巷随笔,正是将其视为整座福州城的缩微,进而从细节处观照榕城的历史变迁。他们将这个系列命名为《坊

坊巷格局

巷笔记》。"笔记"是中国古代记录史学的一种文体，有随笔、笔谈、杂识、日记、札记等异名，起于魏晋，兴于唐宋，盛于明清，在今天，犹有不少人将其作为随笔集的题名。而《坊巷笔记》，虽为随笔，行文却毫不随便，不仅文风亲切，娓娓道来如纪录片解说词，而且视阈奇特，所选取的角度具有窥斑知豹的代表性；更难能可贵的是，文中所涉及的史据均考证严谨，规避了当下能文者轻史、研史者疏文的弊病。当读者阅读这些篇章，有如置身南后街的中线，触摸着从坊巷的各个角落吹面而来的缕缕清风。

这缕缕清风，有着福州的历史风物。在沈海高速沿线自浙南而潮汕，这其间每座城市的民居都在以古老的姿态延续着衣冠南渡时期的繁华，却又有着相应的渐变。正是这些渐变，使一位旅客可以凭此区分所处的地域。作者正是发现了福州古建的独特之处，因此，他们笔下的演绎，既有整体美和格局美，又有局部美与细节美。在作者看来，三坊七巷所汇聚的正是福州民居的精华，从整体上看，梁启超先生所概况的中国建筑三大元素：屋顶、斗拱和柱式在这里都有着相应的体现；在细节上，由高大的风火墙和灵动的燕脊角，在黛瓦青砖的衬托下，如同一幅好的书法作品，"不仅是每个字都透出韵味，而且章法也美，让人感到气韵畅通"。

还有着福州的如诗风景。安泰河、水榭戏台、楣杆、雪洞、天井、楹联……这里的事无巨细,都被作者的诗心一一捕捉,它们彼此独立又相互串联,拼成一纸现代版的清明上河图,定格之处皆是熙来攘往的繁华盛世。又有古稀者高卧静坐,斟茶吟咏;花甲者赏鸟观鱼,鼓琴对画;中年人登高吟哦,壮怀不已;青年人荡舟漫步,花前细语;儿童览书临帖,歌谣嬉戏。一日之内,晨昏之间,又各不相同,却又不离诗性的维系。

三坊七巷也有着福州的迷人风致。在光禄吟台,作者联想起了曲水流觞的兰亭雅集。古代文人常有以文会友之情结,在兰亭之前,有"肆意酣畅"的竹林七贤;在兰亭之后,又有"胜友如云"的滕王盛饯和"与客来饮"的醉翁之意。但更令作者兴奋和激动的,是在从前的盛会都只能从史迹中追寻的时候,福州的三坊七巷还在延续千年诗风。作者写道:"这座城市,有一帮诗人,怀揣着'诗歌榕城'的梦想,做着与诗有关的实实在在的工作。"这让作者感到,"尽管时光在流逝,但吟台依旧、文化传承依旧,影响着后人";也让作者信心满满地断言:"一个能产生诗意的地方,一定是个浪漫多情的地方。"

更有着福州的独特风情。《诗经》里云:"衡门之下,可以栖池。"在三坊七巷内,人们看到的是宋代里坊制在今日的延续,而里坊制,又来

坊巷格局

自于商朝衡门制与汉唐乌头门的两次流变。这么说来，三坊七巷有着一种承上启下的深远意义，它的风情，在作者看来，就是百姓安居、百业汇聚，是阡陌农田的形象变迁，是众里寻她的灯火意境，亦是今夕何夕的时间乡愁。

时光荏苒，几多沉浮。走在今天的南后街，是否感觉到，今天我们所拥有的面孔，其实在多年前，也曾套用着另一个姓名，穿着另一件衣裳，走在另一个时代的三坊七巷里？回首又见它，此情依稀，此情依然……

附录二

凝望那尊塑像
——"尸谏"与"心丧"的沉思

在陕西蒲城的林则徐纪念馆里,院落矗立着王鼎与林则徐两尊塑像。这两个人,一个生于三秦大地的渭南,一个生于东南沿海的福州,相距遥远,却有着一个荣辱与共、肝胆相照的悲壮故事:王鼎为林则徐"尸谏"而死,林则徐视王鼎为恩师,以调养身体为由,向朝廷告假,专门到恩师故乡蒲城,按照古代门生为老师死后悼念的方式守"心丧"三个月。这事成为近代史上的一段佳话,也成为官德教育的一个生动案例。

这两位对中国近代史产生重大影响的人物,从嘉庆十六年(1811)相识到黄河边洒泪相别,有31年的情谊。这31年中,中国经历风云变幻,民族灾难深重。两人同朝为官,正是拯救民族危亡的深明大义和为了百姓利益的担当精神让他们的友情从忘年之友发展为生死之交。我凝望塑像,两人脸色凝重,但目光如炬。两个伟岸的身影紧紧地依在一起……让人感佩的是,他们之间,演绎了一段忠义肝胆的人间佳话;让人生悲的是,这段的佳话，竟是用以生命为代价写就的。望着塑像，听完故事，我的心情沉重异常，有些透不过气来。那一刻，特别想走出大厅，仰望着飘着白云的蓝天，喘一口闷在心中的气。

　　佳话之所以成为佳话，在于它动人。世上没有无缘无故的爱，没有无缘无故的恨，王鼎以"尸谏"方式为林则徐伸张正义鸣不平，这骇世之举，足以见他对林则徐的了解和信赖。这两位志士初识于翰林院，相交于江西，在共同打击考场腐败中成了知音，正是刚正不阿的、正直无邪的品格让他们惺惺相惜。在深秋宴会上，长于林则徐17岁的王鼎，面对洋溢着朝气、充满改革精神的后辈，期盼林则徐"阅历虽深有血性、不使世物磨锋芒"，"公其整顿焕精神，勿徒鬓发矜斑苍"，他以宽广的气度与这位后辈结下的辅正继世的君子之谊，成了忘年之交。一个是以海纳百川、有容乃大为自勉的人，一个是心胸"恢博"，面对年轻人的当面奚落，含沙射影而不怒的人，两个心胸同样博大的人。林则徐于1833年9月为江苏特大水灾写下3000字的奏折单衔上书，晓以利害。王鼎受命与协办大学士敬征前往江苏查处盐务时，为请求裁撤淮南淮北两淮盐政，收归总督办理而单衔上书。须知道，清代规定当朝官员不能以个人的名义上书，"单衔上书"需要有将个人生死置之度外的情怀，而两个人恰恰都有着这样的胆略和担当精神。王鼎不论是顺是逆，是荣是辱，都始终对林则徐信任不变；毒患泛滥时，在朝廷力荐林则徐，支持禁烟；林则徐每一次的赴任，王鼎都与他推心置腹促膝谈心，商讨禁烟方略；他相信林则徐是一个"多谋善断、有胆有识、堪为重任"的人，故勇于保荐。主持河工之时，王鼎还想着推荐遣戍途中的林则徐襄助东河工程，希望借此机会，让林则徐"效力赎罪"，免遭远戍伊犁之苦，以求重新启用；林则徐则把这种信任转化为动力，不论是位高权重之时，还是身为效力赎罪之臣，都勤勉敬业，披星戴月，不顾各种流言蜚语，不惧各种诽谤与攻击，用自己的行动与业绩，回报恩师的保荐。

至交者，志相同、性相吸、气相投也。两人家境都十分贫寒，但都酷爱读书，王鼎家境贫困，但也算得上诗礼传家的知识分子家庭，在他的故乡，流传着城隍爷助学的故事；而林则徐则"家无一尺之地、半亩之田"，但母亲教导他"男儿务以为大者远者，岂以琐琐为孝焉，读书显扬，始不负吾苦心"。十岁时，林则徐就写下了"家少楼台无地起，案余灯火有天知"之警句，相信当下的苦读，将来一定能够报效国家。他以为"静坐读书各得半日，清风明月不用一钱"，"师友肯临容膝地，儿孙莫负等身书"，把拥有一块只容膝盖大的地方读书，当作一件快乐的事。王鼎家族

坊巷格局

中不乏坚贞不懈的有识之志,他们虽穷愁潦倒,但都保持着富贵不能淫、贫贱不能移、威武不能屈的气节。这些都深深感染和熏陶着王鼎,造就了王鼎的品格。而林则徐生长闽江之滨,就读于鳌峰书院,受山长郑光策影响颇深。郑光策不畏权贵,思想活跃,他的"经世致用"的思想影响着林则徐,养成了他以民为本的思想。

治国者,必先治家。在纪念馆中,听到这样一个故事,说的是王鼎家中为了五尺庄基地和邻里起了纠纷,家里给他写信,寻求解决办法。王鼎将明代诗人林翰写的《戒子弟》一诗加以修改回复家中亲人。原诗作者林翰家住福州文儒坊,家族有"三代五尚书"的佳话,原诗内容为"何事纷争一角墙,让他几尺又何妨,长城万里今犹在,不见当年秦始皇"。王鼎稍加修改为"多次来信为一墙,让他几尺又何妨;万里长城依然在,不见当年秦始皇"。王鼎改诗让庄基的事,一直成为后人的美谈。这也让我想起了林则徐的《十无益》以及林则徐写给夫人的书信,其中写到"做官不易,做大官更不易,我是奉命唯谨,毕恭毕敬。夫人务嘱二儿须千万谨慎,切勿仰仗乃父的势力,和官府互相往来,更不可干预地方事务"。这两个事例,可以看出两位的接人待物与处事风格、看出他们的谦和与礼让。

人生难得一知己。俞伯牙遇到钟子期，两人因琴而结为知己。钟子期的离世，让俞伯牙觉得唯一懂得他琴声的人去世了，再没有理由弹琴了。俞伯牙在钟子期墓前弹奏了最后一首曲子，摔坏了琴，发誓此生不再弹琴。俞伯牙与钟子期因琴声而成为知己，那么，王鼎与林则徐呢？那是生死之交的知己，有着共同的治国理念和为民的情怀：一个可以做到以死劝谏；一个能够"宠辱皆忘"，能够"苟利国家生死以，岂因祸福避趋之"，两个有这样境界的人结为知己，其情其义必定超越俞伯牙与钟子期的关系啊！由此，我又想到，人生知己何须多，有如王鼎这样的一知己，足矣；再想想，林公有幸也，有王鼎这样知己恩师，亦足矣！

绝唱歌道义，妙笔写忠魂。王鼎"尸谏"是绝唱，听罢这绝唱，心生悲凉。"名位显韩城，叹鞅掌终劳，未及平泉娱几杖；追随思汴水，感抚膺惜别，还从绝塞动人琴。"林则徐的挽联可谓妙笔，读之心生感念：林则徐书写了王鼎的正义，追怀了往事，感念惜别情景，以人琴俱亡表达知音不再。无论是绝唱，还是妙笔，从中，我都读到了崇高、读到了忠义，还读懂了心心相印。

最后我虔诚地向着两尊塑像鞠一躬，表达自己心中的景仰。

谈冰心前期散文的风格与形成

冰心(1900—1999),是福州人引以为傲的才华横溢的女作家,在现代文学史上占有十分重要的位置。她的小说、散文、诗歌等各体文学创造俱佳,但她自己特别钟爱的还是散文。散文一直是冰心最成功的文学表现形式,并以独特的"冰心体"风格风靡文坛。冰心的散文创作,大致可以分三个阶段,即"五四"至1930年为前期,1931—1951年为中期,1952年后为后期。她留学美国时期的散文比在大学时期的散文更具影响力,更能代表冰心前期散文的艺术成就。

冰心前期散文主要体现在赞颂母爱,有不少篇章是赞美金子般闪光、冰雪般纯洁、宝石般珍贵和炉火般热烈的母爱。这些作品多角度地描写了母爱,有叙写母爱的巨大作用,也有赞美母爱的无私,歌颂母爱的伟大。"对于我的爱,不因着事物毁灭而变更","她的爱不但包围我,而且普遍包围着一切爱我的人。而且因爱我,她也爱了天下的儿女,她更爱了天下的母亲"(《寄小读者·通讯十》)。因此,她表示要"尽我在世的光阴,来讴歌这神圣无边的爱"(《寄小读者·通讯十二》)。

这一时期,冰心还写下了为数众多表现童真的作品。在她《给儿童世界小读者》中就向小读者表白,要"做你们的一个最热情最忠实的朋友"。因此,冰心极力写出儿童的情态美、心灵美,并且用优美的笔触,把自己纯洁如洗的情感和大自然的非凡仪态奉献给孩子们。她的《寄小读者》二十九篇,都是奉献给孩子的作品。在一些作品中,她像拉家常似的,把自己置身于孩子中间。如:"送我的尽是小孩子——从家里出来,同车的也是小孩子,车前车后也是小孩子。我深深觉得凄恻中的光荣。冰心何福,得这些小孩子天真纯洁的爱,消受这甚深而不牵累的离情。"(《寄小读者·通讯四》)冰心还时常通过赞美大自然来歌颂儿童。在《寄小读者·通讯十七》中,她赞美蒲公英,将蒲公英戴在一个女孩头上:"蒲公英虽是我最熟识的一种草花,但从来是被人轻忽,从来是不上美人头的。今日因着情不可却,我竟让她在美人头上,照耀了几点钟。"花与人相互辉映、相得益彰。

冰心初期散文还有许多赞美大自然的篇章。她足迹涉及慰冰湖、珆湖、玄妙湖、侦地、角地、银湖等。其中以海为题材的散文就不下一二十篇。《往事·十四》就是一篇写海的佳作。作者别开生面,把静态变为动态、化无生命为有生命、将平面变为立体,淋漓尽致地写出了大海的神韵,给人以一种鲜明突出、具体可感的艺术感受。冰心歌颂自然,并非为歌颂自然而歌颂自然,她总是通过歌颂自然,来揭示自然的伟大,来揭示人生的哲理。她途经济南时写自然景色:"外望远山连绵不断,都没在朝霭里,淡到欲无。只浅蓝色的山峰一线,横亘天空。山坳里人家的炊烟,朦朦的屯在谷中,如同云起。朝阳极光明的照临在无边的整齐青绿的田畦上。我梳洗毕凭窗站了半点钟,在这庄严伟大的环境中,我只能默然低头,赞美万能智慧的造物者。"

冰心早期散文有其独特的艺术风格。其一,她总是如实抒写生活,表现率真的个性。冰心曾高度评价法国微纳特说的"文学包含一切书写作品,只凡是可以综合的,以作者生平涌现于他人之前的"。她认为这一段文字解说,比别人所定的,都精确都周到。她的早期散文,大多取材于亲自经历的见闻和感受。当我们读完《寄小读者·通讯二十九》,一股真情跃然纸上,"船上的生活,是如何的清新而活泼。除了三餐之外,只是随意游戏散步。海上的头三日,我竟完全回到小孩子的境地中去了,套圈子,抛沙袋,乐此不疲,过后又绝然不玩了。"这样的叙写使人看到冰心在海上经历了一个从愉快转向苦闷的心情。在《往事·十四》中,她以简洁的笔墨,写姐弟之间的争强斗胜,比词锋、比联想,她抓住四个人的年龄不同,文化程度不一,性格也迥然各异,把人物神情姿态描画得十分传神逼真,为涵满含微笑、成竹在胸,为杰双手抱膝、冥思苦想,为楫温顺娇嗔、依偎"我"怀,等等,使人看到了童年的欢乐。因此,她的散文是创造的、个性的、自然的,是充满了特别的感情和趣味的,是心灵的笑语的泪珠。

其二,她的早期散文观察精微,描写细腻,善于出奇制胜。她善于选择日常生活引起思绪的事物的片断,如花、海、雨、月、星、云、灯等等作为引子或陪衬,抒写母爱、童真、女伴友情以及往日与今朝的悲欢。写人幽婉、状物轻灵、抒写细腻、理致悠长,构筑出一个诗情洋溢的、优美清雅的艺术世界。朱自清在谈到观察生活时,曾要求人们将事物"拆开来看,拆穿来看",注意"锱铢之别,淄渑之辩",切忌走马观花,浮光掠影。冰心观察事物精细、独到,如《寄小读者·通讯七》中,她从生活实际出发,抓住"纸带"这一细节,写五色彩带从窗眼里飞出,抛到岸上,将送行的亲人紧紧牵住,但情意长、纸带短,船开远了,这维系两颗心的纸带断了,游子飘然而去!这里有景有情,感情委婉,描写细腻。有观察的精细,才有描写的细致。在《往事·七》中,她用荷叶作为全篇散文的

"眼",勾画了庇护者的形象,展现其持重、勇敢、无私、可亲可敬的品性,含蓄而有力地显示了主题。

其三,冰心的早期散文语言是清新明丽的。她的行文,平易畅达而不流于粗俗,典雅华美而不显出雕饰,无板滞生涩之感,有行云流水之美。冰心的散文语言既有诗的形象美,又有诗的音乐美,还有诗的色彩美。

冰心在她的早期散文中,找到了内容与艺术表现的最佳结合,因为有了这样的艺术风格包装,她的表现使内容更加隽永、更加耐人品味,因为有了这独特的内容,她的艺术才华也就得到了充分的发挥。内容与艺术如此的统一,是冰心前期散文的成功之处。

那么,冰心前期散文的风格是如何形成的呢?笔者认为,家庭环境、成长经历、所受教育以及少女的细腻,是她早期散文形成的原因,这几个因素缺一不可。

冰心早期散文的主题和风格的形成,得益于有一个温馨的家庭。冰心原名谢婉莹,于1900年出生在一个福州海军军官家庭。祖父谢銮恩是个教书先生,在城内的道南祠授徒为业。其父谢葆璋被严复相中,投笔从戎,并在北洋水师学堂受到严格的训练。他是一个思想极其开放的人,极具民主思想。在冰心童年、少年成长过程中,他没有对她的生活予以过多的干涉，而更多的是引导，更多地参与冰心的童年生活。在繁忙的公务中，他带冰心去参观军舰、学骑马、参加各种活动。母亲杨福慈是个极温柔、极安静的女人，不是做活计就是看书，她的生活是非常恬淡的，在婉莹四岁就开始教她认字。冰心在回忆到自己的童年时说："我常常感谢我的好父母，他们养成我一种恬淡，'返乎自然'的习惯，他们给我一个快乐清洁的环境，因此，在任何环境里能自足、知足。我尊敬生命，热爱生命，我对于人类没有怨恨，我觉得许多缺憾是可以改进的，只要人们有决心，肯努力。"可见，家庭环境深深影响了她的人格及气质。而生活在同时代的福州才女庐隐，家庭景状就与冰心大不相同，她出生后就受到父母嫌弃，6岁父亲病故，随母依舅父过着寄人篱下的生活。1922年结婚后，婚后生活与她理想的爱情生活又相距甚远，使她深深地感到失望和苦闷，因而她的散文不可避免地鸣奏着凄苦哀怨之曲，更多地表现着时代的苦闷、对爱情的追求和悲苦命运的挣扎。

　　冰心早期散文风格的形成，得益于她的成长经历。风格的形成与作家生活的环境有着密切的关系。冰心在1921年就提出："要和自然接近，自然的美，是永久的，在文学的材料上，要占极重要的位置上。"为了能使作家与自然接近，她主张"文学家要多作旅行"，看遍天下的美景，交遍天下的名人，观察遍天下的民情风俗，使他的文学的资料日新月异，取之不尽，用之不竭。冰心自己的成长经历、生活环境与她提出文学家的条件是非常吻合的。冰心在她的童年和少年时代，便是在漫游中度过的。她在故乡只生活了七个月，就随一家人从福州马尾乘轮船去上海，后又到烟台、北京等地。大学毕业后，又到美国留学。她童年时"整年整月所看见的，只是青郁的山，无边的海，蓝衣的水兵，灰白的军舰。所听见的，只是山风海涛在，嘹亮的口号，清晨、深夜的喇叭"。青年时期，在五四时代满怀着爱国的激情，观察和思考着周围社会生活的种种问题，不满于黑暗腐败的现实，憧憬着社会生活。童年和青年时期的漫游生活，极大地丰富了她的生活阅历，积累了她的创作素材。因此，我们可以这样认为，没有冰心这样的经历和履历，她的作品便不会满含着可爱的天籁人籁。

冰心早期散文风格形成，得益于她所受的教育。冰心受过私塾教育，对传统文学有比较高的素养。她在四五岁的时候，就走进书库，开始接触中国的古典文学。因此，她的文字是语录体的，又是建筑在旧文学的基石上的，但是冰心也受过西文教育的影响，受过基督教思想的熏陶。无论是在教会学校，还是在协和女子预科和后来的燕京大学，都在一定程度上都受到基督教的影响。泰戈尔在诗文中所表现的思想，也以特殊的魄力，强烈地吸引着冰心，影响了冰心的早期创作。冰心从泰戈尔的泛神论中汲以自然界和谐共存的一面，她企图用爱和同情医治人世的不幸。因此，她的作品无不对于人间有个温和的笑影。

冰心早期散文风格的形成，也得益于少女的纯真之心。冰心于1929年留美归来后与吴文藻先生结为伉俪，在这之前，冰心的生活是单纯的，没有家庭的烦扰，就是在美国留学期间，她与吴文藻的爱情生活也是甜蜜的。她的早期散文是她少女时期的散文。因此，在早期散文中，真正描写爱情反映爱情的作品不多见。冰心中后期的作品散文风格的转变，也与自己的家庭的变故和个人经历有关。1929年后，冰心结婚有了家庭，尤其是母亲的去世对她的打击很大，她逐渐走出了少女时期美好幻想的圈子，在作品中较多地表现出对劳动人民命运的同情。

总之，冰心的早期散文风格的形成，是与时代、与自己的命运相关联的。

后　记

陈元邦

这是我们父女俩怀着对坊巷的热爱共同写成的一本书。

福州三坊七巷是"福州作为中国历代文化名城最重要的标志和福州城市的文脉所在",享有"中国城市里坊制度活化石""明清古建筑博物馆"之美誉,有"一座三坊七巷、半部中国近现代史"之说。不少文化人关注这片古民居群,走坊穿巷,细致考证、认真解读,写出了许多知识性、史料性很强的书;也有不少文人用心书写,积聚情感,奉献了大量的精彩散文诗歌。在读这些著作与作品中,渐渐地萌生了用小品文的形式写一本关于三坊七巷建筑的小书的想法。

女儿从小就对建筑很感兴趣,小时候看到天福大厦的旋转餐厅,看到五四路的幢幢高楼,就好奇:"这高楼是怎么建成的啊?"在高中社会实践时,她与同学一起走进严复故居,通过自己的观察、查证、思考,写出了《严复故居的维护与开发》调研报告;而后,在国内完成建筑学本科学习后前往美国马里兰大学攻读建筑学研究生;对泉州古民居进行深入研究，撰写了《记忆和建筑——古泉州的繁荣与复兴》一书，由中国建筑工业出版社出版。

女儿的兴趣，感染了我。闲暇时，我喜欢读一些建筑方面的随笔，这些文章，笔调清新、可读性强，既抒发了作者感情，又深入浅出地介绍了诸如欧洲建筑、苏州园林等的特点。因为工作的缘故，我也经常走进三坊七巷，从导游言简意赅的介绍和一次次对建筑零距离的接触中，我不断丰富对三坊七巷建筑的认识；在知识的慢慢蓄积中产生了为三坊七巷创作的冲动。我与大洋彼岸的女儿商量，用我的感性与她的专业知识，一起摹写三坊七巷，两人一拍即合，开始了共同写作。

当这本书要付梓的时候，我要特别感谢林飞先生、杨勇先生。林飞先生是福州三坊七巷的专家，参与了三坊七巷的修复工作。我们的初稿一形成，就请林飞先生审阅。每次他都帮助认真审阅文稿，提出了许多宝贵的修改建议。杨勇先生也时常给些建议和意见。我珍惜与他们的情谊；我感谢他们的付出。

我要感谢《文化生活报》和海峡文艺出版社编辑的专业工作。稿件经过他们的用心编辑，得到了一定的提升。《文化生活报》开辟《坊巷笔记》专栏，连载了这些文章，给了我们与读者互动的机会。文章一期接一期连载，受到一些读者的喜爱，带来一些反响。几位热心的读者撰写了评论，我将这几篇素不相识读者的作品收入书中，借此表示谢忱。

  最后，再次对三坊七巷表示敬意。三坊七巷是本书的创作之源，没有三坊七巷，就没有这本书。感谢亲爱的读者——你们的阅读，让我感受到创作的价值。书的价值与意义，也是读者赋予的。